踊る男

赤川次郎

角川文庫
20048

目次

I

II

I

左右対称

僕がバーへ入って行くと、彼はいつもの席に座っていた。「やあ」と声をかけると、彼は妙に気遣わしげな目で僕の上着を見ながら、

「君、わざとボタンを取ったの？」

「まさか！　電車でもぎ取られたのさ」

「そうか、それならいいんだ」

とホッとした様子。「わざと取ったとなると、命にかかわるからなあ」

「何の話だい？　好きでボタンを取る奴なんかいないよ」

「ところがそうでもないのさ。——まあ聞けよ。僕の友人に変った奴がいてね」

彼は僕のために水割りを注文しておいて、話を始めた。「その男は左右対称であることに異常なほど執着したんだ。例えば彼の家。長方形の敷地のちょうど中央に、完全に左右対称の家が立っている。門も玄関も、扉は両開きになっていて、表札は左右

の門柱に一つずつ、玄関の方は中央の上についている。玄関へ入れば、左右に全く同じ靴箱が一つずつ。中身も全く同じ。だから彼はいつも同じ靴を二足買うんだ。それも靴紐《ひも》のないやつをね」

「どうして靴紐のあるのはだめなんだ？」

「どんなにうまく結んでも右の靴と左の靴で対称にはできないからさ」

彼は続けて「家の中へ上ると、これがまた妙な気分でね。廊下を歩いて行くと壁に絵がかかっている。ところが左右の壁に同じ絵がかけてあるのさ。後は万事その調子。部屋の中の家具の配置も装飾も、入り口に立って見ると、完璧《かんぺき》な左右対称になっているんだ」

「信じられないね」

「本当の話さ。これは僕自身が行って、この目で見たんだからね。——実際、目まいを起こしそうだったよ。片側が大きな鏡になっているんじゃないかと思って、何度も覗《のぞ》き込んだものだ」

「それが、さっきのボタンのことと何か関係があるの？」

「大ありさ！　分らないか？　背広の上着にボタンがついていたら、左右対称でなくなる。そうだろう？　だからそいつはボタンもボタン穴もない背広を作らせて着ていたんだ」

「そいつは変ってるね！」

「しかしね、まあそれくらいは変った趣味だと笑ってすますこともできるさ。男の服は大体が左右対称にできてる。ネクタイだって何だってね。まあポケットの位置は別だが、これはどうにでも付け変えることができる。腕時計を左右に一個ずつしているのも、カフスの奥に隠れているから人目にはつかない。眼鏡。これはもともと左右対称だし、幸運なことに彼は左右の眼とも同じ程度の近視だったんだ」

彼が言葉を切ったので、僕は言った。

「さっき君は『命にかかわる』とか言ったね」

「そうなんだ。その男の髪は、もちろんちょうど真中から左右へ分けられていた。ところがある日、鏡を見ていて、左右の髪の長さがわずかに違うのに気付いたんだな。そこで自らハサミで長い方の毛を少し切った。ところが少々切り過ぎて、今度は反対側を少し切らなくちゃならなくなった。それを切るとまた反対側を……。僕は前々からそいつに、髪にだけは手をつけるなと忠告しておいたんだがね……」

と彼は首を振った。僕が、

「それでどうなったんだい？」

と訊《き》くと、彼はちょっと面食らった様子で、

「むろん、死んじまったのさ」

と言った。僕がキョトンとしていると「いいかい、それを続けて行けば当然の結果として、髪がなくなる。分るだろう？」

「うん。でも、はげたって死にゃしないだろう。頭から風邪でもひいたの？」

「違うよ、君。人間の頭の形が完全に左右対称だと思うかい？　少しはいびつなものだよ」

彼はため息をついて、「その男はそれを直そうとした。――かなづちでね」

踊る男

えらくツイてる一日だったので、バーへ入って行きながら僕の足はいつの間にかダンスのステップを踏んでいた。彼はいつもの席に座っていたが、僕を見ると、

「どうしたんだい？」

と真面目くさった顔で訊いて来た。

「見りゃ分るだろ。何しろ、いい事続きなんだよ、今日は。給料は出たし、彼女の方からデートしようと言って来るし。踊り出したくもなるじゃないか」

「そうか。それじゃ知らない内に踊ってたわけじゃないんだね？」

「まさか！」

「それならいいんだ。――いや、僕の友人に変った奴がいてね」

彼は僕のために水割りを注文しておいて、言った。「そいつは、何しろ決して他人に対して腹を立てるということのない奴だった。保険会社の外交員だったから、ずい

ぶんいやな客に会うこともあっただろうし、上司になぜか嫌われて、いつも怒鳴られていた。それでもそいつは決して怒らない。いつもニコニコしているんだ。家へ帰って家族に当り散らすというのでもなかった。何しろ独身で、天涯孤独の一人暮しだったからね」

「できた男だねえ」

「ところが、その内に、彼は時々奇妙なふるまいをするようになった。僕が一緒にバーで飲んでいる時、彼は突然、『ミルクをくれ!』と言い出した。周囲の連中は呆気《あっけ》に取られた。何しろ今の今までオンザロックを飲んでいたのに、それこそ砂漠を横断して来た人間が水を欲しがるみたいに『早くミルクをくれ!』とわめいてるんだからね。バーテンが紙パックの牛乳を取り出すと、彼はそれを引ったくって、一気に飲みほしちまった。そして飲み終えるとキョトンとして、今自分が何をしていたのか忘れちまってるんだ」

「一時的な発作だね」

「他にもある。時間つぶしにデパートの婦人服売り場を歩いていた時、彼は突然背広を脱いで、女性の服を手当りしだいに着始めたんだ。店員が驚いて止めると、彼は目をパチクリさせ、やはり何も憶《おぼ》えてなかった。次はこのバーの中での話だ。彼は入って来るなりいきなり踊り出した。それもステップなんてものじゃない、体全体で跳びはねるようにして、めちゃくちゃに踊り回ったんだ。その内、突然グタリと床に倒れてしまった。そして起こそうとすると今度はピョンと立ち上って、一本足で立ったま、バレリーナみたいな格好でクルクル回り出した。そして——」

「やっぱり後になると何も憶えてなかったんだね？」

「その通り。——さすがに僕らも心配になってね、彼の行動をチェックしてみたんだ。すると奇妙なことに、一人暮しの彼が、よくデパートのオモチャ売り場で人形を買って帰ることが分った。僕は急いで彼の家へ駆けつけたが、手遅れだったよ。彼は首を吊《つ》って死んでいた……」

僕はよく分らず、

「どういう事なのさ？」

と訊いた。

「彼の家では無数の人形が殺されていた。つまりね、彼は憎い人間への怒りを、人形をその相手に見立てて、ナイフを突き刺したり、首を絞めたりすることで晴していたのさ。人形の顔にフェルトペンで上役の顔なんかを描いてね。ワラ人形に五寸釘《くぎ》。あれと同じことさ」

「なるほど。しかしそれが彼の奇行の説明になるのかい？」

「そこは微妙なところだな。彼が人形たちで恨みを晴したように、殺された人形たちが、自分の恨みを晴した、と考えれば、怪談めいては来るが筋は通る。……ミルク飲み人形、着せ替え人形、マリオネット、バレリーナのオルゴール……。真相はおそらく心理学的に言うと、潜在的な罪悪感から来る強迫観念によるノイローゼが、人形の真似をする形で現れた、というところだろうね」

「そのあげくに自殺ってわけか」

「自殺かどうか、僕は疑ってるんだがね」

と彼は首を振りながら、「彼の足下に転がってたマリオネットの首に操り糸がからみついていたんだよ」

遺産

バーへ入って行った時、僕はよほど陰気な顔をしていたらしい。彼はいつもの席に座っていたが、僕を見るなり言った。

「えらく参ってるようだな」

「ああ、この忙しい最中に伯父《おじ》が死んでね。――いやなに、ほとんど会ったこともない人なんだ。遺産でも残してくれりゃともかく、香典の出費が痛いくらいさ」

「遺産といっても金や土地とは限らんさ」

「どういう意味だい？」

「まあ聞けよ。僕の友人にこんな奴がいた」

彼は僕のために水割りを注文して言った。「彼は大学を優等で卒業し、ある商社へ入った。仕事は猛烈に忙しく、日曜出勤、出張も日常茶飯事、接待で飲めば深夜に及ぶのもしばしばだった。それでも彼はプライドの高い男だったから、決して上役の前で弱音は吐かなかった。前の晩、どんなに帰りが遅くなろうと、翌朝八時半にはちゃんと出社して仕事を始めていた」

「耳が痛いね」

「そうだろう。……入社して三年目の春、彼の叔父《おじ》が長患いの末に死んだ」

「その人が遺産でも残したの？」

「とんでもない。長い入院生活で貯金も使い果していたんだよ」

「ふーん。それで？」

「その年の秋には、未亡人だった彼の叔母《おば》が死んだ。居直り強盗に殺されたらしい、ということだったが犯人は逮捕されなかった」

「気の毒に！」

「彼は、その次の年の春、結婚した。なかなか可愛い奥さんだったよ。しかし忙しさは相変らずで、日曜日もほとんど家にいないというありさまだった。それでも次の年の春には子供も生れて、その頃、僕も訪ねて行ったんだが、奥さんも幸福そうにしていたよ。彼は仕事でいなかったがね」

「モーレツ人間ってヤツだなあ」

「その年の暮れに彼の祖父が自宅近くの川に落ちて死んでしまった。祖母の方はかなり前に亡くなっていたんだ」

彼はグラスを傾けて一息つくと、続けた。「その翌年の春には、彼の姉が車にはねられて死んでしまった。夏には、一緒に海水浴へ行った兄が、沖の方まで泳いで行って戻らなかった……」

「よくよくツイてないんだねえ」

彼はちょっと苦い笑いを浮べ僕を見た。

「まあ聞けよ。その年の暮れ、彼の父親が猟銃の暴発で死んだ。次の年の春には母親が階段から転げ落ちてやはり死んだ……」

「おい待てよ！　まさか——」

「いくら何でも続き過ぎる。周囲の人間が気味悪がったのも無理はあるまい。考えてみれば死因が病気なのは最初の叔父だけで、後は総《すべ》て殺人か事故死だ。姉をはねた車も見つからなかった。これで、もし事故と思われていたのが、実は巧みに偽装した殺人だったらどうだろう？——僕が秘《ひそ》かに彼のアリバイを調べてみると事件が起ったのはいつも彼の出張の最後の日だった。仕事を早く片付けて、前の晩の内に戻ってくれば、どの場合もやれないことはなかった」

「馬鹿な！　何のためにそんな……」

「そうなんだ。相続するような財産があるわけでもない。それになぜ、叔父、叔母、祖父、兄姉、親という順序なのか。——彼の会社の就業規則を見て初めて分ったよ」

「何だって？」

「僕は危ない所で彼の奥さんと子供を助けた。彼は病院行きになったよ」

「すると……」

「彼はね、会社を休みたかったのさ。それだけなんだ。だが、疲れたから休みたい、と言うことは彼のプライドが許さなかった。叔父が死んだ時、彼は公然と休む手段があることに気付いたんだ。親族が死んだ時は、会社も黙って休ませてくれる。彼のプライドも守られる。——彼は仕事に疲れて来ると次々に血縁の人間を殺して行ったわけだ。それも次第に長く休みたくなった。彼の会社の規則では叔父、叔母が死んだ時は三日休める。祖父、兄姉は五日。両親は六日。妻子は七日だ」

「まさか奥さんや子供まで……」

「いや結婚にしてもそうなのさ。彼がなぜ叔母と祖父を殺す途中に結婚したか分るかね？　結婚休暇が四日間だったからだよ」

「いや、愉快、愉快！」

僕はバーへ入って行くと、いつもの席に座っている彼の隣へ腰をおろして言った。

「今日は何が何でも一杯おごるからね！」

彼は微笑みながら、

「いやにごきげんじゃないか」

「そうとも。実に愉快な事があってね。今日は君が僕の話を聞いてくれよ」

僕は水割りを注文しておいてから言った。「僕の会社の営業に、セールスの契約高が常に断然トップ、ってやつがいるんだ。確かに腕きでね、他の連中が一日足を棒にして歩き回って三件くらいの契約を取りつけて来るのに、やつは苦労もせずに必ず七、八件の契約を取って来る。何がいいって、ただ口が達者なだけなんだろうが、ともかく出世頭で、上司からもかわいがられているんだ」

「エリートって奴だね」

「そう。ところで、その同じ部に、常に契約高が最下位という男がいる。もう中年過ぎで、さっき言ったエリートより十歳以上も年上なんだ。しかしこれが実にいい男でね。若い者の面倒はよくみるし、何かと相談相手にもなってやる。たぶんその人の良さのせいで、セールスマンとしては押しが足りないんだろうね」

「巧《うま》くいかないものだね」

「全くさ。それに比べあのエリート野郎は平社員のくせにもう役付きのような顔をして威張りくさっているんだ。それにね、我慢ならないのは、その愛すべき中年男の事を何かというと笑いものにして楽しむんだ。『一日一件だけ契約を取るなんて芸当は、俺にはできないよ』なんてね」

「言われた方は怒らないのか?」

「そこなんだ。いつもは何を言われても、黙って微笑んでいるだけなんだが、それが昨日はさすがに頭へ来たとみえて、『それじゃ君、明日一日で何件の契約が取れるか、競争しようじゃないか』と言い出した。むろんエリート殿は高笑して、『自分が恥をかくだけだがな』なんて言って、受けて立った。部内の連中も半分ハラハラしながら、半分面白がって見ていたんだ。中年男には勝ちめがない、とだれしも思ってはいたんだがね」

「ところが――ってわけか」

「そうなんだ！　彼が勝ったんだ！　信じられるかい？　何と一日で九件の契約を取って来たんだよ！　エリート殿の方は昼までに四件の契約を取ってすっかり安心したらしい。途中息抜きによく寄るスナックへ行った。ところがここで……ま、これは後でスナックのママから聞いたんだが、ちょっと可愛い女の子に会ってつい話し込んじまったんだな。ハッと思った時はもう三時、社へ電話してみると、敵は七件も契約を取ったという。慌ててスナックを飛び出して奮闘したものの、その日は六件しか取れなかった。面目丸つぶれでね。他の連中はやんやの喝采《かっさい》さ」

「まるで童謡の『ウサギとカメ』だね」

「そうなんだ！　愉快じゃないか、全く！」

彼は少しの間黙っていたが、やがて口を開いた。

「僕はね、あの『ウサギとカメ』の話は、ちょっと妙な所があると前々から思っているんだよ」

「というと？」

「つまりね、カメは自分から、競走の話を持ち出している。そして勝った。――じゃカメはなぜ勝ったのか？　ウサギがたまたま昼寝をしたからだ。これはどう考えても妙だ。いつもばかにされている者が、自分から戦いを挑むというのは正に愚の骨頂といってもいい。それを敢《あ》えてするからには何らかの勝算があったのに違いないよ」

「というのは、つまり……」

「カメはウサギが昼寝して、しかも寝過すことをあらかじめ知っていたのに違いない、ってことさ」

「しかし――」

　長い競走だろうからね、スタート前や途中で水を飲む事ぐらいあっただろう。カメはそれにきっと眠り薬を入れておいたのに違いない。――その善良なセールスマン殿は、前々から何件かの契約を、約束だけ取りつけて保留しておいたのだろう。そしてスナックの可愛い女の子は彼の娘かめいか、そんなところだと思うね。しかし方法はともかくカメはウサギをへこましてやったんだ。肝心なのはその結果の方さ。そう思わないかね？」

代筆

バーへ入って行く時、僕は無意識に内ポケットの中のものを、上着の上から押えていたらしい。彼はいつもの席に座っていたが、僕を見るとニヤリとして、訊《き》いた。

「ボーナスが出たのかい？」

「いいや。どうしてさ？」

「胸のあたりを、さも大事そうに押えてるからだよ」

「え？——あ、ああ、これは違うんだ。手紙なんだよ」

「手紙？　よほど大切な手紙らしいね」

「彼女からでね」

と僕はいささか照れながら言った。

「それは羨《うらやま》しい」

「しかしね、返事が問題なのさ」

「いや、ともかく僕は筆無精でね。およそまともに意味の通る文が書けないんだよ。いっそ巧い奴に代筆してほしいくらいさ」

「代筆か？　それはやめた方がいい。とんでもない事になりかねない」

「どういう意味だい？」

「僕の友人に君と同じ事を考えた奴がいる」

彼は僕のために水割りを注文して、言った。「彼は気心の知れた友人に誰か適当な人間を紹介してほしい、と頼んだ。その友人はすぐに書き手を見つけたが、その代書人の条件として、決してその依頼者当人とは会わない、どういう内容の手紙を書くかだけ、仲介の友人を通して指示してもらえば、それを書いて彼女へ送り、そのコピーを彼の方へ送る、という話だった。仲介した友人の話では、代書人は秘密のアルバイトとしてやっているので、それが外部へ洩《も》れては困るというわけだ。彼もすぐ承知し、早速ラブレター第一号が発信され、コピーが彼の手もとへ送られて来た。確かに文はスマートで、悪ふざけにならないユーモアと、重々しくならない格調があって、彼も金を出して頼んだかいがあったと喜んだ。——二通目、三通目までは巧く行った。ところがその内に様子がおかしくなって来た」

「というと？」

「というと？」

「その代書人が、頼まれもしないのに手紙を出すようになったのさ。差出人はちゃんと彼の名になっているが、中身は彼の注文とはまるで違うんだ。たとえば手紙に〈僕はゴボウとニンジン、シイタケが大好物です〉とある。こんな手紙をもらえば、彼女が次に彼を招いた時に、それを食べさせようとするのは当然だろうな。ところがこれらは彼の大嫌いなものばかりなんだ。といって彼女の手作りの料理を食べないわけにいかない。まさか代書人が間違ったんだとも言えないし、そうだろう。代書だというのは秘中の秘だったからね。仕方なく決死の覚悟で嫌いなものを食べたそうだ。仲介した友人に文句を言うと、そいつも肝心の代書人と連絡が取れなくなってしまった。そして幻の代書人は次々に手紙を出し始めた。コピーもちゃんと送って来る。——そりゃ大変だったそうだよ」

「というと？」

「彼はカナヅチなのに、手紙では平泳ぎの名手にされていた。彼女がプールへ行こうと言い出して、彼は一週間特訓して、やっと泳げるようになり、ピンチを切り抜けた。彼は歌謡曲しか聞かないのに、手紙に〈クラシック音楽のことなら何でも訊いて下さい〉と書かれた。音楽の本を読みあさり、レコードを何十枚も一度に買って必死で勉強した。インスタントラーメンしか作った事がないのに、〈料理の腕はホテルのコック並み〉と書かれて、わざわざ男性の料理教室へ通った。万事この調子で、その内に彼は仲介の友人を疑い始めた。何しろ彼の好みや何かまでちゃんと知っているんだからね。ところがそこへ致命傷だ」

「何だい？」

「結婚の申し込みさ。それも代書人が手紙に書いた。そして彼女からは喜んでＯＫしますと返事が来た。——で、一巻の終り。今は彼と彼女は円満にやっているよ」

「で、結局、代書人というのは……」

「分らないか？　代書したのは彼女自身なのさ。仲介を頼まれた友人が彼女にその事をしゃべった。彼女は一計を案じ、両方の手紙を、筆跡を変えて書き、未来の夫を自分に合うように教育したわけだ」

僕は、どんなに下手でも、手紙は自分で書こうと決心した。

エレベーター健康法

いつものバーへ入って行くと、彼は僕の顔色を見てニヤリとした。

「何やらムシャクシャしてるようじゃないか。会社で面白くないことでもあったのかい？」

「遅刻でどやされてね」

と僕は彼の隣に座って言った。

「おやおや、そんなに常習犯なのか」

「とんでもない！　ただ……よりによって今朝は九時から社長の訓示があってね。そこへ遅れてコソコソ入って行くのはいやなもんだよ。――全く、何もかもあいつのせいなんだ！」

「誰のことを言ってるんだね？」

と、彼は僕のために水割りを注文して訊いた。

「僕のいる高層アパートの二階に住んでる奴さ。僕は七階だから、当然朝はエレベーターで下りるんだが、普通、二階の住人は歩いて下りるものなんだ。時間的にも歩いた方がよほど早い。それなのに、その男は必ずエレベーターに乗って来るんだよ。上の階から乗った者はみんなイライラしてね、そいつをにらみつけてやるんだが、当人は平気なものさ。――おかげで今朝は一瞬の差でバスに乗り遅れてね、遅刻ってわけだ」

「その男は年寄りなのかい？」

「いや、まだ僕と同じくらいさ」

「足が悪いとか、そういうこともないんだね？」

「別にない。一度、わけを訊いてやろうと思ってるんだけどね」

彼はちょっと間を置いて言った。

「僕の友人にね、こんな連中がいたんだ。二人とも大変仲良しでね、勤め先も同じ、よく気も合ったが、ただ一つ、正反対の主義を持っていた。つまり、一人はエレベーターがある限りは必ずエレベーターに乗ると決めていた。たとえ二階までもね。反対にもう一人は絶対に階段を使うという主義だった」

「どうしてまた……」

「それが、どちらも自分のやり方が体のためにいいと信じてたのさ」

と彼は皮肉っぽい笑いを浮べて言った。「つまり、エレベーター利用派は、現代人はただでさえ過労気味なんだから、少しでもエネルギーを使わずに済むように節約した方が体のためだと信じていた」

「なるほど」

「もう一人は、現代人はどうしても運動不足になってしまうから、せめて階段の上り下りぐらいして、足腰をきたえるべきだと考えていたんだ」

「ふむ……。それももっともだねえ」

と僕は肯《うなず》いた。

「ところが、ある日、二人の会社に白昼強盗が押し入った。強盗は銃を持っていたが、エレベーター利用派の男が、うまくちょっとの隙を見て事務所を飛び出した」

「それで？」

「事務所は三階だったから、階段から下りてもよかったのだが、ちょうどエレベーターの扉が開いていたし、ともかくいつも乗っているせいもあって、つい飛び込んでしまった」

「それでどうしたんだい？」

「殺されたよ」

「──追いつかれたのか」

「いや、扉が閉っていれば、充分逃げられたはずなんだがね。扉が閉じなかったのさ」

「どうして?」

「あわてて、つい見逃したんだな。〈点検中〉の札を」

「なるほど……」

「もう一人の友人は、とても悲しんでね、『やはりエレベーターなんか使うものじゃない。階段は〈点検中〉ってことはないから』と言ってたんだが……それが……」

「どうかしたの」

「しばらくして、彼も死んじまったのさ」

「どうして? 階段を転げ落ちでもしたのかい?」

「いや、彼の会社が強盗事件にこりて引っ越したものだからね。──超高層ビルの四十階に……」

命取りの健康

僕がバーへ入って行くと、彼はいつもの席からニヤリと笑いかけた。

「何だ、飲みすぎか食べすぎかい？」

「え？」

「おなかを押えてるじゃないか」

「あーそうか。つい無意識に手が行くんだよ」

「どうしたっていうんだい？」

「ちょっとズボンがきつくなってね」

と僕は苦笑いした。「きっとズボンが縮んだんだよ」

彼は笑いながら僕のために水割りを注文しておいて、

「少し運動してやせることだね」

「うん。ちょっと、ほら、最近流行のジョギングとかいうやつをやってみようかと思ってるんだが」

「ま、運動は結構だが、ほどほどにしておかないとね」

彼はそう言って、ちょっと間を置いてから続けた。「僕の友人にね、やはり若くて大分太り過ぎになり、悩んでいた奴がいた。そこで彼は一念発起、毎朝早く起きて、一キロほど離れた公園まで往復のランニングを始めた。奥さんも協力して、ちゃんと無理のない程度のタイムで彼が戻って来るかどうか、時間を測っていた」

「それじゃさぼるわけにいかないね」

「その通り。――最初の内はそう効果もないように思えた。ところが一か月くらいすると、彼は目に見えてスマートになり、二か月後には、身長に一番相応《ふさわ》しいベストの体重にまで減ったんだ」

「へえ！　僕もぜひやろう」

「ところが、この後がちょっと妙だった」

「というと？」

「まあ、目標までやせたので、ランニングの方はやめたんだが、普通だったらもうこりて太り過ぎないように注意するだろう」

「そうだろうね」

「ところが彼は猛烈な勢いで色々なものを食べた。甘い物とか特に太りそうなものを、見ている方が気持悪くなるほどたくさん食べるんだ」

「きっとやせようとしている間、我慢してて反動が出たんだろう」

「それにしても、いささか常識外れの食べ方でね、その結果は明白だった」

「また太っちまったんだね？」

「そうだよ。やせるのには二か月かかったが、太るのには一か月しかかからなかった。体重はまた以前の状態に戻り、彼は再び早朝ランニングを始めた」

「で、今度はどうなったの？」

「今度は前の時より、さらに素早く効いた」

「やせられたのかい？」

「そう、だいたい一か月でね」

「凄《すご》いね！　往復のタイムを早くしたんじゃないのかい？」

「いやいや、奥さんは大変几帳面《きちょうめん》な人でね、ちゃんと彼がタイム通りに帰って来たかどうか記録をつけている。それを見ると、ともかく決められたタイムに一分とは狂っていない」

「よほど意志の固い人なんだね」

と言ってから、「でもそんな意志の固い人が食べる物を我慢できないのかな」

「そこなんだ。彼はね、また大食を始めたんだよ。そしてまた一か月で太った。そして三度、早朝のランニングを始めたんだが……」

「どうしたの？」

「始めて三日後、彼はランニングを終えて家へ入るなり倒れた。心臓マヒでね。結局助からなかった」

「心臓が弱かったのかい？」

「いや別に弱くはなかったんだ」

「じゃどうしてまた……」

「その謎は彼の葬式で解けた。——焼香に来た妙齢の女性が泣き崩れたんだ。彼女は公園の近くに住んでいる未亡人だった」

「というと——」

「彼女が、走っている彼にタオルを差し出したのが始まりだったそうだ。彼はいつも彼女の所へ寄っていたんだよ」

「浮気してたのか」

「そうさ。しかし、その未亡人と浮気をしておいて、タイム通りに戻るためにはどんなスピードで帰らなきゃならなかったか」

「それですぐやせたのか。そしてまた会いたい一心で太ろうとした……。心臓マヒを起こすはずだね！」

「君もジョギングするのはいいが、調べておいた方がいいぜ。その近くに魅力的な未亡人がいないかどうかね」

海外旅行

僕がバーへ入って行くと、いつもの席に久々に彼の顔があった。

「やあ、しばらく」

と僕は声をかけた。「ずいぶん顔を見なかったけど、どこに行ってたんだい？」

「黙っていなくなって悪かったね。お詫《わ》びに一杯おごらせてもらうよ」

と彼は僕のために水割りを注文しておいて、「実は急な用でヨーロッパに行ってたもんでね」

僕はため息をついて、言った。

「ブルータス、お前もか！」

「何事だね、一体？」

「いや、このところ、旅行で長い休暇を取る奴がふえてね。それも海外、アメリカやらヨーロッパへ、まるで房総あたりへ一泊で海水浴に出かけるみたいな気楽さなんだ。

ことに若い女の子たちはね」

「それは仕方あるまいよ。若い時に色々と見聞を広めること自体は決して悪いことじゃないと思うしね」

「いや、僕だって、それくらいのことは分ってるさ。ただ、僕だってまだ独身なのに、給料日を指折り数えて待つ日が月の半分はある。それを彼女らはサッサと海外旅行に何十万もの金を惜し気もなくつぎ込み、帰って来ると写真を事務所でみんなに見せて、『来年はどこに行こうかしら』って具合だ。——少なくとも、もらう給料の額は僕の方が多いはずなのに、一体どこでどう差がついてるのかと思って……」

彼は笑って、

「何だ、要するにうらやましいんだな」

「まあね」

「あまりそういう身分をうらやむこともないと思うがね」

彼はそう言って、ちょっと間を置いてから続けた。「僕の知っている女性——といっても五十過ぎの婦人だが——その人が去年、強盗に入られた」

「へえ、気の毒に。けがはなかったの?」

「幸いね。犯人も捕まったんだが、要するに貧乏学生でね、イギリス留学の費用がほしかったというんだ」

「とんだ留学もあったもんだね」

「ところで、その女性、どう見てもあまり金のあるように見えない家に住み着る物もまず並の品。それをなぜその男が彼女の家に押し入る気になったのか、警察でも首をひねった」

「本当は金をため込んでたんじゃないの？」

「それが全然そうじゃないんだ」

「それじゃ一体どうして……」

「うん。警察で訊《き》いてみると、そいつの話はこうなんだ。——強盗に入る前の日、何とかイギリスへ留学する金を作れないだろうかと思案にくれながら歩いていると、たまたま彼女の家の近くを通りかかった。そして電話で彼女が話しているのを小耳に挟んだというんだ」

「どんな話だったのさ」

「彼女は孫たちを『イングランドへ連れて行く』と話していた、というんだ」

「つまり——イギリスだね」

「そう。それで奴はハッと耳を澄ました。彼女は続けて、『でも飛行機はこわがって乗らないの。船なら平気なんだけど。そう、ジェットなんか全然だめ』と言っていた」

「船は飛行機よりよほど金がかかるだろう」

「奴もそう思って、これは見かけよりよほど金があるに違いないと信じた。で、彼女が、『向うへ行ったら馬に乗せれば喜ぶわよ』というのを聞いて、ますます確信を深めた、ってわけだ。むろんイギリスは乗馬の本場だし、また金のかかるスポーツでもあるからね」

「ふむ。しかし僕だってその話を聞けばそう思うがなあ。――一体どこが間違いだったんだい？」

「何もかもさ。――大体、普通、イギリスのことを『イングランド』などと言うかい？　犯人はイギリスのことばかり頭にあったので、間違ってそう聞いてしまったのさ」

「分らないな……」

「『飛行機』というのは飛行塔のことだし、『船』は足でこぐボート、『ジェット』はジェット・コースター、『馬』といったのは回転木馬のことだった」

「つまり……」

「つまり彼女は孫たちを〈××ランド〉という遊園地へ連れて行く、と話していただけなのさ」

不眠症

僕が大あくびをしながらバーへ入って行くと、彼はいつもの席でニヤリと笑った。

「どうした？　遊び過ぎかね？」

「とんでもないよ」

僕は苦笑して、「ゆうべはついに会社で夜明かしさ。全く、今の時期は一番忙しいんだよ」

「寝不足だと眠くなるかね？」

「当り前じゃないか」

「そうばかりとは限らないよ」

彼は僕のために水割りを注文しておいて言った。「僕の友人に、ひどい不眠症の男がいた。一旦《いったん》眠れなくなると、三日も四日も目がさめっ放しということもあった」

「それはひどいね」

「しかし、本人はそう苦にはしていなかった。むしろ、みんなが眠る八時間を有効に活用できる、と負け惜しみを言ってたくらいでね。ところが、これには困った点があった」

「何だい？」

「緊張して、起きていなければならない時になると逆に眠くなるんだ」

「へえ」

「このおかげで彼はずいぶん損をした。学生時代も、試験前の一夜づけはお得意なんだが、いざ本番の試験の時になると、眠くて眠くて……というわけだ」

「気の毒だねえ」

「会社の就職試験を受ける時には、さすがに考えた。前の晩にたっぷり寝ておけば大丈夫だろう、と、睡眠薬を飲んで床についたんだ。さすがにたっぷり眠ったんだが、今度は薬が効きすぎて、眠気がさめないままに会社へ行った」

「大丈夫だったのかい？」

「頭がもうろうとしていたおかげで硬くならずにすんだのさ。会社の方でも、これはおおらかな性格なのだと善意に解釈して採用を決めた」

「けがの功名ってやつだな」

「ところが、やはり入社してからが一苦労だった。大事な会議や打ち合わせに出席すると、ウツラ、ウツラだからね。――たちまち上司ににらまれるはめになった」

「そりゃそうだろうな」

「入社して一年ほどたった時、彼の会社に二人の強盗が押し入って、警察に囲まれると、社員を人質にたてこもった。強盗たちは逃走用の車を要求し、それに二人の人質を連れて逃げようとした。その時、一人は若い女子事務員、もう一人が彼だった」

「どうしてまた……」

「人質になって、みんなガタガタ震えてる時に彼はコックリコックリやってたんでね。度胸がある、と見られたわけだ」

「今度は損をしたわけだね」

「警察が車を用意すると、強盗たちは彼と女子事務員を前に歩かせて狙い撃ちされないようにしながら車へ乗り込んだ。人質がいるので、警察もうかつには手を出せない」

「それで――どうなったんだ？　助かったのかい？」

「うん。強盗も捕まり、二人の人質も無事に助け出された。そして彼は警察から表彰されたよ」

「すると、強盗をやっつけちまったってわけ？」

「その辺は微妙でね」

と彼は首を振って、「強盗たちは自分で墓穴を掘ったようなものなんだ」

「というと……」

「いやがる彼に無理に車を運転させたもんだからね、車が暴走して、わきの土手へ突っ込んじまったんだ。幸いけがはなかったが」

「凄《すご》いね！　わざと車を――」

「そうじゃないんだよ。彼は居眠り運転していたのさ」

僕は思わずふき出した。

「大したもんだな！　強盗も驚いたろうね」

「これには後日談があってね、その一緒に人質になった女子事務員と彼は愛し合う仲になり、結婚したんだ」

「めでたしめでたしか」

「そう……今はうまく行ってる。ところが最初の内はね……」

「何かあったの？」

「いや、何しろそれまでは眠れなくて困ったのに、今度は女性が一緒だと思っただけで、毎晩毎晩、緊張のあまりすぐ眠っちまったもんだからね……」

お年玉

僕がバーへ入って行くと、彼はいつもの席から会釈してよこした。

「新年おめでとう」

と彼は言った。僕は肩をすくめて、

「あんまりおめでたくないね」

「どうしたっていうんだ？　正月早々不景気な顔だね」

「不景気だから仕方ない」

と僕は言った。「正月三日間で、一体何人のガキども——いや、子供たちが来たと思う？　甥《おい》や姪《めい》ならともかく、およそ普段、顔も見たことのない親類の子が来るんだ。その度にお年玉！　やり切れないよ」

「なるほど。それで不機嫌なのか」

と彼は笑って、僕のために水割りを注文した。

「不機嫌にもなるさ。一人五千円としたって――」

僕は計算しかけてやめた。

「まあ、そうケチるもんでもないって。僕の知ってる男にこんなのがいた」

と彼は話し始めた。「えらく数字に弱い男でね。ある親戚《しんせき》の家へ行くのに、お年玉を一つ余計に持って行っちまったんだ。そこの子供の数を憶《おぼ》え違えてたんだな」

「僕なら少なく間違えるね」

「その男は帰り道、寂しそうに、道に一人で立っている子供を見て、何の気なしに余ったお年玉をやったんだ。するとその子供は彼を自分の家へ引っ張って行った。それがえらく立派な家でね。両親が出て来て、ていねいに礼を言われ、その上、上り込んでごちそうにまでなった」

「うまくやったな」

「それだけじゃない。そこへその家の娘が出て来た。これが大変な美人で、彼、すっかり惚《ほ》れ込んじまったんだ」

「狐に化かされたっていうんじゃないだろうな」

「ちゃんとした人間さ。しかも相手も彼に心ひかれて、二人は婚約した。そして一年たって、次の正月になった」

「それで？」

「何しろ名家で知られる家なので、正月には多勢の親類が集まる。従って子供の数もえらく多いわけだ。彼はその全部にお年玉を用意した。ちゃんと人数を確かめ、何度も数を確認してポケットへ入れておいた。彼女の方からは、中にはずるい子がいて、多勢いるのをいいことに、二度もらおうとするのがいるから気を付けろと注意されていた」

僕は肯《うなず》いて、

「全く、今のガキは――いや、子供は、それくらいのこと、平気だからな！」

とため息をついた。

「いざ当日になった。宴席へやって来た彼は、次々にやって来る子供たちへお年玉を渡した。顔を見忘れないよう、一人一人、頭へ刻み込んで渡したんだ。さて、残るは一つとなった。そこへ、『お年玉ちょうだい』と男の子がやって来た。彼は確かにその顔に見憶えがあったので、『二度はだめだよ』と言ってやった。だが子供は『もらってない』と言う。しかし、それを渡してしまったら、一つ足らなくなってしまう。余分がないんだからね。だから彼はあくまで『だめだ』と言った。子供は泣き出してしまった。それが、一家の長老の一番のお気に入りだったから、もうおしまいだ。大事な孫を嘘つき呼ばわりした、というわけで、彼は叩《たた》き出されてしまった」

「一体どうなってるんだい？」

「彼は数の方ばかり気にしていて、忘れちまったのさ」

「というと？」

「子供の中に双生児《ふたご》がいるってことを」

「なるほど。じゃ、その子の言う通りだったわけか」

「その通り。しかし婚約は解消。ついに彼は幸運を逃がしちまった」

「気の毒に」

「まあ、最初の状態に戻っただけ、とも言えるがね。つまりお年玉が一つ、残ったわけだから……」

「新年おめでとう」

と僕は言った。

落ちた偶像

バーへ入って行った時、僕はよほどがっかりしたような顔をしていたらしい。

彼はいつもの席から僕を見て、

「おやおや、どうしたっていうんだい？」

と聞いた。僕は半分やけ気味に、

「どうもこうもないよ。ストレート！　ダブル！」

と注文したが、彼は、

「水割りにしてやってくれ」

と穏やかに訂正した。「どうしてそう、この世に正義なんかあるものか、ってな顔をしてるのかね？」

「よく分ったね。全くそんな気分なんだよ」

僕は手にしていた新聞をカウンターへ置いた。そこには〈落ちた偶像〉と大見出しがあって、長年政治献金の問題で市民の側に立って闘って来た〈正義の味方〉N氏が、実は裏で、ある特定の政党から金をもらっては、他の政党を攻撃していたというニュースが報じられていた。

「知ってるのかね、この人を?」

と彼が聞いた。

「いや、個人的には知らないけど、尊敬していたんだよ。サラリーマンなんて毎日妥協して生きてる人種だからなあ。こういう、主義に忠実な人にひかれてたんだ」

「本人は否定してるじゃないか」

「しかし、急に過労で入院したっていうのがおかしいよ。すぐ汚職代議士が使う手じゃないか」

「きっと病院は報道陣で一杯だろうな」

「そりゃそうだろう。このニュースが彼の足を引っ張るためのデッチ上げだと思うかね?」

僕は彼の同意を期待して聞いたのだが、彼は肯定も否定もせず、

「実はね、僕は彼を知ってるんだ」

「本当かい?」

「割合に――いや、かなり親しくしていたと言ってもいいだろうな」

と彼は真顔になって言った。

「じゃ、君なら分るだろう。彼はそんな金を受け取るような卑劣な男だと思うかい？」

「いや、彼は受け取っていないよ」

と、はっきり首を振る。僕はうれしくなって、

「おい、今日は僕におごらせてくれよ」

「まあ待てよ。――僕はね、だれがあのニュースを流したのかと考えてみたんだ」

「そりゃ決ってるよ。彼にやっつけられてる政党が――」

「いや、そうは思えない。彼がそれを断固否定すれば、世論は彼の方を信じるだろう。よほどの証拠でもなければ、かえってその政党への風当りが強くなるだけだ」

「それじゃどこかの記者が勝手に……」

「それもおかしい。下手をすれば訴えられかねない話だからね。――大体ここまで騒がれたのは、彼が逃げるように入院してしまって、事実じゃないかという印象を与えたからだ。そうだろう？」

「それはそうだな。だから？」

彼は僕の持っていた新聞を大きく広げた。

「この新聞を僕も見ていてね、ふっと目に止った記事があるんだ」

彼が指さしたのは、一人暮しの中年の女性が強盗に殺されたという小さな、あまり目立たない記事だった。

「これがどうしたの？」

「僕はたまたまこの女性が彼の愛人だったことを知ってるんだ。——いや、それは彼の私生活の問題だから、別にとやかく言う気はない。ただね、こうは考えられないだろうか？　彼が自らあのニュースを流した、とね」

「どうしてそんなことを——」

「考えてみたまえ。入院して、しかも多勢の報道陣に見張られている。これ以上のアリバイはないじゃないかね。たとえその女性との関係が警察へ知れても、まず疑われる心配はない。——たぶん白衣とマスクをつけて、医者のような顔をして病室を出て彼女を殺し、また戻ったんだ。その上で、あのニュースがでたらめと分れば、名誉も回復できる」

僕はじっと彼を見つめた。

「本当に……そう思うのかい？」

「さあね」

彼は静かに言った。「ただ一つの可能性、というだけさ」

沈黙の対話

僕がバーへ入って行くと、彼はいつもの席でちょっとグラスを上げて見せた。

「やあ、どうだね？」

彼の問いに僕は肩をすくめて、

「相変らずさ」

と答えて、水割りを注文した。――しばらくあれこれと当りさわりのない世間話をしている内、僕はふと、店の一番奥まった席にいる男女に注意をひかれた。

どう見ても恋人同士という感じなのだが、どうやら話は悲しいもののようだった。というのも、低い声で話しているから内容は聞き取れないのだが、男の方が何かしきりに説得しようとしているのを、女は黙って首を振って拒み続けているのだ。好奇心も手伝って、そっと横目で盗み見ていると、やがて女はうなだれて、そっと指で涙を拭《ぬぐ》い、力なく肯《うなず》いた。

その二人連れがバーから出て行くと、彼はニヤリと笑って、言った。

「ずいぶん熱心に今の二人を見ていたね」

「いや、そういうわけじゃないが……。どうやら別れ話だったらしいね」

「どうして分る?」

「だって、君も見たろう、女の方が、泣きながらうなずいてたのを」

「だからって別れ話とは限らないさ」

と彼は真面目な顔で、「彼女が歯痛で、彼に歯医者へ行けと言われても、怖くてなかなか承知しない。しかし、あまりの痛さに涙が出て来たので、ついに渋々歯医者へ行くと肯いたのかもしれない」

「おい、ずいぶん君の想像力は散文的だな」

「あまりドラマチックに解釈するのも考えものだぜ。まあ聞けよ、僕の知っていたある母親にこういうことがあった」

と彼は話し始めた。「彼女には息子が一人いた。とても気のやさしい、人の好い男なんだが、そういう人間の常として、思ったことをなかなか口にできない性質だった。その息子が恋をした。母親の方は気が気じゃない。——それというのも、それ以前にも息子は女性を好きになったことはあったんだが、何しろそんなことを口に出して言う勇気がなかったから、いつも片思いに終っていたんだ」

「内気なんだね」

「その通り。――しかし今度は息子の方も何とかしてその女と結婚したいと思いつめるまでになった。だが、そのためには結婚の申し込みをしなきゃならない」

「そりゃそうだろうね」

「それは息子にとっては正に何にも増して難事だった。断られたらどうしよう、笑われるんじゃないか、と心配ばかりして、一向に申し込めない。母親は彼を励まし、元気づけて、やっと申し込みに行かせた」

「成功したのかい?」

「まあ、待てよ。母親の方は、息子を送り出したものの、果して首尾はどうかと心配で、いても立ってもいられず、相手の娘の家へ出かけて行き、外から窓越しに、二人の様子をうかがってみた。すると、声はガラス窓があるので聞こえないのだが、息子が何やらひどく怖い顔で女をにらみつけているのが見えた。じっと見ていると今度は泣き出さんばかりになって哀願している様子だ。――しかし、女の方は無表情に彼を見ている。母親は、なだめたりおどしたり、怒ったり泣いたりする息子の姿を見ていて、哀れでならなかった。女の方は眉《まゆ》一つ動かすでもない。何て冷たい女だろう、と母親は腹が立ったが、じっとこらえて様子を見ていた。すると、女がさもおかしそうに笑い出したんだ」

「そりゃ男に対して残酷だね。そんなに内気な男が必死になってるっていうのに」

「母親もそう思った。女が笑い出すのを見てカッとなって母親は、その家へ飛び込んで行って、息子の手を引っつかんで、外へ連れ出そうとした……」

「それで？」

「二人は結婚して、幸せにやってるよ」

僕は目をパチクリさせた。

「どういうこと？」

「母親は窓の外から見て、息子が結婚の申し込みをしているのだとばかり思ったが、実は彼女はもうその前にOKしていたんだ」

「じゃ、何をやっていたんだい、その息子は。泣いたり怒ったりして」

「二人で童心に帰っていたのさ。にらめっこをしてね」

II

命拾いの電話

間違い電話って奴は誠に迷惑なもので、誰も好きなお方はいらっしゃいますまい。しかしこれが百害あって一利なしかというとそうでもないので……。ま、私がそう思うわけをちょっとお話ししようと思います。

その時、私はガランとした部屋の、えらく座り心地の悪い椅子に腰を下ろしていました。およそ座っていたくなるような椅子でも部屋でもなかったんですが、といって立ち上ることも出て行くこともできません。というのは、ものの三メートルと離れていない所に、拳銃《けんじゅう》の銃口がパッチリと目を見開いていて、それが真直ぐに私を狙っていたからです。――拳銃を構えているのは、若いチンピラの勝治《かつじ》という奴で、みんなからはただ「勝《かつ》」と呼ばれていました。勝のすぐわきに木のテーブルがあって、電話がのっています。私たちは、もう三十分以上、一言も口をきかずに待っていました。

その電話に、私の生死がかかっていたのです。

勝の兄貴分に当る大男は、ここを出て行く時、勝の肩をポンと叩《たた》いて、こう言いました。

「いいか、勝、こいつに逃げられねえようによく見張ってるんだぞ。俺はボスと、こいつをどうするか相談して来る。結論が出たらこの電話で知らせる。『ズドン、と一丁やっちまえ』と言ったら、遠慮なく引金を引くんだぞ、分ったな?」

勝は緊張した面持ちで肯《うなず》きました。

かくて私たちは「判決」の出るのを待っていたのです。——私は、しかしまあ結構落ち着いていました。私は組織の会計係をやっていて、かなりの金をごまかしていたのです。それがバレたのですから命はないものと半ば諦《あきら》めていました。

青くなっていたのは、むしろ勝の方です。何しろまだ若くて、人を殺したことなどないのですから無理もありません。ピリピリしていて、私がタバコを喫っていいかと訊《き》いただけで、

「動くな! 撃つぞ!」

と喚《わめ》き出す始末です。私は肩をすくめて諦めました。そして、ついに電話が鳴りました。勝は弾《はじ》かれたようにギョッとして、しばらく、鳴り続ける電話を見つめています。

「早く出ろよ」

と私が言うと、彼はパッと受話器を取りました。

「もしもし！……え？……もりそば二つ？——ふざけるな！　どこへかけてやがる！」

私は苦笑いしました。この部屋は私の隠し事務所だったのですが、確かにどこかのそば屋と番号が近いらしく、よく間違えてかかって来るのです。

また沈黙の十五分が過ぎました。彼の方はますます緊張とイライラが高まっているのか、顔からは血の気が失《う》せています。そして電話。

「もしもしっ！……なに？……親子丼《おやこどんぶり》一つ？——ここはそば屋じゃねえ！」

叩きつけるように電話を切った彼の額には玉のような汗が浮んでいます。

「おい、大丈夫か？」

私が本気で心配して言うと、

「うるせえ！」

と今にも引金を引きかねない様子。そのとたん、また電話が鳴りました。

「もしもし。……わ、わ、分りました！」

ついに来たか。私は覚悟を決めました。彼は受話器を置くと、

「来たぞ！『ドンと一丁！』ってな。……か、か、覚悟……しろ……」

何だか妙でした。勝は急に喘《あえ》ぐような声を上げると胸をかきむしるようにして、ドサッと床へ倒れ、それきり動かなくなったのです。近寄って調べてみると……死んでいます。もともと心臓を悪くしていたのに違いありません。――そこへまた電話です。取ってみると、さっきの兄貴分の声。

「勝か。待たせたな。ボスが目の前で奴をバラすところを見たいってご希望だ。こっちへ連れて来い。いいな」

――私は呆気《あっけ》に取られてしまいました。じゃ一体、さっき勝が聞いた電話は何だったのか。ポカンとしていると、また電話です。何やら、えらく怒った男の声で、

「おい！　何だ、さっきは『カツ丼一丁』って言ったら名前も聞かねえで切っちまって。二丁目の渡辺だよ！　いいね」

私はゆっくり肯きました。そうだったのか。

「カツ丼一丁」が興奮していた彼には、「勝、ドンと一丁」に聞こえたのに違いない。私は思わず笑い出していました。もし見も知らぬ渡辺さんがカツ丼でなく天丼を注文していたら、私の命はないところだったのです。

それから？　もちろん逃げ出しました。おかげでこうして生きていられるわけで……。

間違い電話もたまには役に立つのがお分りになったでしょう?――ただ一つ気になっているのは、命の恩人がカツ丼を食べそこなったということです。

早朝マラソン

「サンマは目黒に限る。マラソンは早朝に限る」

森田はよく冗談にそんなことを友人に言っていた。

森田の家は郊外にあって、歩いて五分ほどの所に、貯水池がある。これの周囲、木々に囲まれた道を一周するとほぼ三キロ。朝のマラソンには至って手頃なコースであった。

森田は今年三十歳になるが、まだ独身。大学時代から陸上の選手として、走ることにかけては自信がある。

その朝も五時に起きて顔を洗うと、水を一杯飲んで、ランニングシャツにショートパンツという格好で、森田は家を出た。

貯水池に着くと、軽く手足をほぐしてから走り出す。——秋の、爽《さわ》やかに晴れ上った一日で、正にマラソン日和である。

コースは木々に挟まれて、時折その合間から水面のきらめくのが見える。グラウンドをぐるぐると回る三キロに比べると、こういう戸外での三キロは、半分にも感じられないほど短い。

森田は、いつになく地を蹴《け》る足の弾力も力強いのを感じていた。

一キロほど走ったところで、彼は自分以外にも早朝マラソンを始めた者がいるのを知った。これまで、走っていて、誰かに会うということはなかったのだが……。しかも驚いたことに、それは女だった。

まだ若い女らしい。らしい、というのは、女が前を走っているので、後姿しか見えなかったからだが、オレンジ色の鮮やかなシャツに、白のショートパンツ。白くスラリとのびた足がすばらしい眺めだった。

森田は、彼女を追い抜こうと思えば簡単に抜けたのだが、ペースを落として、しばらくその形の良いお尻《しり》と、長い足にウットリと見とれていた。しかし、その内、あまりのんびり走っていては調子が狂って来ると気付いてペースを上げ、たちまち彼女を抜き去ったのだが、傍をすり抜けながらチラッと横目でその女性の横顔を盗み見ようとした。しかし、彼女は彼とは反対の方へ顔を向けていたので、顔を見ることはできなかった。

それからどんどん彼はペースを上げ、一周を予定のタイムで終えたが、いつもならすぐに家へ帰るのに、今日は何となくぐずぐずと手間取って、あの女が現れないかと待っていた。――しかし、結局は、会社へ行くのに遅れてはならないと諦《あきら》めて家へ戻った。

翌朝、森田はいつも通りの時間にスタートした。ほぼ一キロ走った時、また同じ女が前を走っているのに気付いた。――急に、彼は今までとは全く違った種類の息苦しさに捉《とら》えられた。彼は一気に彼女を抜き、追い越す瞬間には目をつぶっていた。得体の知れない恐ろしさを感じたのである。

一周を終えた時には、いつになくヘトヘトに疲れていた。

翌日はマラソンを休んだ。しかし、不思議なことに、休めば休んだで、一日中、あのピンと張ったお尻と白いスラリとした足が目の前をチラついて離れない。――森田は、自分があの女に、いや正確には女の後姿に恋していることを認めざるを得なかった。

翌日は、もうマラソンに行かずにはいられなくなっていた。――彼女に会える！　そう思うと、コースまでの道で、もう駆け出してしまう始末であった。ふと、不安が胸をよぎる。彼女はもうやめてしまったんじゃないか？　大体が、美容体操くらいのつもりで始めたマラソンは三日で終りが通例である。このまま、名前も顔も知らずに終ってしまうのだろうか？

だが、彼女はいた！　やはり一キロほどの所で、彼の前に現れた。——その瞬間、彼はその女と結婚しようと決心した。二人で毎朝ここを走るのだ！　想像しただけで胸が躍った。

森田は彼女に追いつくと、声をかけた……。

彼女は清美といった。二人の結婚式はその一か月後というスピードぶりだった。後姿に惚《ほ》れただけに、彼は彼女の顔が心配だったが絶世の美女とはいかないまでも、なかなかの器量だったので満足した。

式までの一か月、あれやこれやで早朝マラソンを休んだので、新婚旅行から帰ると、森田は早速、明日《あした》から一緒に走ろうと言った。

「あら、いやよ。私、早起きは苦手だし、走るのも嫌いだもの」

「だって……あんなに熱心に走ってたじゃないか」

「あれはあなたを捕まえるために、あの辺の木の陰であなたが来るのを待って、走ったのよ。追い抜かれたらすぐやめたわ。あんな疲れることごめんよ。私、寝てるからお一人でどうぞ」

——森田は友人と飲みながら、言った。

「マラソンは早朝に限る。女房は後姿に限る」

レッツ・ショッキング

「ジョギングってのが流行《はや》ってるそうだね」

早坂は会社の帰り、同僚の三好と一杯やりながら、何気なくそう言った。

「今ごろ何を言ってるんだい」

三好は、ちょっと人を小馬鹿にしたような笑い方をした。「古い古い。最近はもっと新しい健康法が流行なんだぜ」

「へえ、何ていうんだい？」

「ショッキング、ってのさ」

「——冗談だろう」

と早坂が半信半疑で訊《き》くと、三好は至って真面目な顔で、

「本当だよ。ショッキングを知らないのかい？」

と呆《あき》れたように言った。

「一体どういう運動なんだ、それは？」

「文字通りさ。ショッキング。——つまりおどかすんだ。お互いに親しい同士がね。夫婦でもなんでもいい。お互い、相手の隙を見付けて、ワッとおどかす」

「そんなことが体のためになるのかい？」

「心臓をきたえるのさ。現代人は、持続する弱いストレスには慣れてるが、瞬間的なストレスを受けることがめったにない。だから意識的にそれをやって、心臓をきたえようってわけだ。一種のショック療法だな。ただ心臓のもともと悪い人間には、かえって命取りになるおそれがあるがね」

早坂は、三好の話に、しばし考え込んでいた。——三好がプッと吹き出して、

「おい！　本当だと思ったのか？　冗談だよ、決ってるじゃないか！」

と大笑いした。早坂も一緒に笑い出した。

しかし、早坂は内心、ある計画を思い付いていたのだ。——妻の久子は心臓が弱い。そして早坂には他に愛人がいた。しかし、早坂は元来が気の弱い男で、しかも婿養子の身である。久子と別れることなどとても考えられなかったし、本気で久子が死んでくれたらと思ったこともなかった。ただ時たま……漠然とした夢として思い描くことぐらいはあったが。

その夜、三好と別れてから、早坂は家へ電話をかけ、作り声で、

「ご主人が交通事故で亡くなりまして……」

と言った。向うでは久子がひどく取り乱している。「警察の車がお迎えに参りますので、家の前でお待ち下さい」

と言って、早坂は電話を切った。

家の玄関が見える所まで来ると、久子が道へ出て、落ち着かない様子で立っているのが見えた。早坂は久子に気付かれないように、できるだけ暗がりを辿《たど》って近付いていき、

「久子！　何してるんだ？」

と大声で言った。久子は死んだはずの夫を見て、一瞬真青になった……。

性質《たち》の悪いいたずら、ということで、一件は落着した。久子は死にはしなかったが、そのショックは、やはり心臓にかなりこたえたようだ。早坂は、この手は大いに可能性がある、と内心ニンマリした。

それからも、早坂は怪しまれないように間を置いては、久子がドキリとするようなことをやった。久子を乗せて、わざと車のブレーキが故障したと嘘をついたり、屋根を修理に上って、転げ落ちそうになったり。――この時には、万一に備えて、ちゃん

と下に古い布団を積んでおいた。

その度に久子は心臓が苦しくなったと訴えて、しばらく寝込んでいた。この調子なら、久子の命を縮めるのも容易かもしれない。早坂は次の手を考え始めた。

ところが、愛人の所へ寄った早坂は、妙なことを聞かされた。どうも最近、誰かにつけ回されているらしいというのだ。

「探偵か何かだと思うんだけど。あなた、奥さんに気付かれたんじゃない？」

「そんなはずは……ないよ」

「じゃ、私の気のせいかなあ」

——早坂は、久子が、彼の意図を見抜いたのかもしれない、と心配になった。もしばれたのなら、離婚。そうなれば無一物で放り出されるのだ。いや、それどころか殺人未遂で訴えられるかもしれない。早坂は青くなった……。

「するとご主人がなぜ首を吊《つ》ったか分らないとおっしゃるんですね？」

刑事の質問に久子は肯《うなず》いた。

「さっぱり理由が思い当りません」

「しかし奥さんあての遺書には『君の目はごまかせなかった。監獄へ行くよりは、君のすすめてくれた通り、自分の始末をつける』とありますがね」

「でも、本当に分らないんです」

と久子は首をかしげて言った。「私、ただ、『最近ぶらさがり健康法っていうのが流行ってるらしいじゃない。あなたもやってみたら』って言っただけなんですけど……

……」

緑の窓

「みごとなものですね！」

私は思わず声をあげた。

正面の広いガラス窓は、さながら緑の滝だった。窓の上辺に沿ってずらりと並んだ吊り鉢からはポトスのつるが、ゆるやかにくねりながら流れ落ちて、下辺にはこれを優しく縁取りするように、赤、白、ピンク、紫と色とりどりの小さなセント・ポーリアの花の鉢が並んでいる。

その他にも、室内にはいたる所、アジアンタム、ベゴニア、シダなどの鉢が所狭しと置かれているのだ。

「これくらいしか趣味がないものですからね、一人暮しの女には」

そう言って、もう四十五、六歳になろうかと思えるその上品な女性は微笑んだ。

「さあ、どうぞお掛けになって。紅茶をいれますから……」

私はソファに腰をおろすと、できるだけさり気ない口調で訊《き》いた。

「もうここには長く住んでいらっしゃるんですか？」

「ええ、ここで生れて育ちましたのよ。両親はもうとっくに……。それで今は一人暮しというわけですわ」

「失礼ですが、ご結婚は……」

「いいえ」

彼女は、ティーポットの紅茶を私のカップへ注ぎながら、「でも、しようと思ったことはありますのよ。もう二十五年……それくらい昔の話ですけどね。まだ私が二十歳にならない時でした」

「その方とはなぜ結婚なさらなかったんですか？」

「両親に反対されましてね。まだ相手が学生だったものですから」

彼女は、緑に飾られた窓へ顔を向けて、言った。「一度は駆け落ちの約束までしたんですけど、一晩中待っても、結局彼は来ませんでした……」

彼女は私の方に顔を戻して、

「この部屋はずっとその時のままですのよ。感傷癖と申しましょうかね。――さ、お話を伺いますわ」

私は鞄《かばん》からこの家の売り渡し契約書を取り出し、メガネをかけた。目の悪いのは若い頃からだ。

——説明を終えて、帰る時に彼女は玄関まで送ってくれた。

「ご苦労様でした。ここにも色々思い出はありますけれど、女一人には広過ぎますものね」

「そうですね。でも、あの植物の鉢は持っていらっしゃる方がいいですよ」

私は表へ出ると、あの窓を見上げた。

二十五年前のあの晩、私はじっと窓を見つめながら、彼女がカーテンを開けて顔を出すのを待っていたのだ。——夜、それも目の悪い私にどうして分ろう。あれがカーテンでなく、観葉植物のつると葉と、花々だったということが。

取り返すことのできない過去への苦い想いが、私の胸に湧き上って来た……。

待つ身は辛し

「おはようございます、お父さん」

社長室へ入って来た息子の賢司《けんじ》を、平田常吉は苦々しげに見た。

「今何時だと思っとるんだ？」

という父親の問いに、賢司はあっさりと、

「九時七分ですよ。僕のデジタル時計によれば」

と答えてニッコリ笑った。

「いいか、わしは八時半には必ずこの椅子に座っている。お前にもそうしろとは言わんが、しかし九時にも遅れて来るようでは、他の従業員へのしめしがつかん。お前は副社長で、わしが死ねば後を継がねばならんのだぞ」

常吉の小言には慣れっこになっている賢司は、

「すみません。でも、そうなったらちゃんと出て来ますよ」

と軽くかわしておいて、「でも、お父さん、時間厳守や電車通勤の精神は立派だけど、少し心臓のことも考えた方がいいですよ。——お医者から無理は禁物と言われてるでしょう」

「わしのことなら心配するな。あんなヤブ医者の言うことなどあてになるか。——それより、何か用か？」

「ええ、実は組合の方から賃上げと週休二日の要求書が来ているんです。一応お父さんにも読んでもらって——」

「話にならん！」

と常吉は遮った。

「そう来るだろうと思ってました」

と賢司は笑顔になった。

「うちは今が大変な時なんだぞ。競争相手もふえたし、先行きは決して明るくない。今、利益を蓄えておかなくては——」

「しかし、お父さん、もうその手で三年間給料を上げてないんです。みんなの不満がそろそろ押えきれなくなりますよ」

「そこを何とか押えるんだ」

「難しいですよ。週休二日の方は……」

「問題外だ。わしの頃には月に一日も休めればいい方だった。みんな休みの日でも率先して出て来て働いたものだ。それを今の奴らは、休むことばかり考えとる！」

「そりゃ、お父さんの時代はそうだったでしょうが、今じゃ通用しません。競争相手は隔週の週休二日制で人を集めてます。給料もこっちより五、六千円はいいし。――よそへ移る者がそろそろ出始めてますよ」

「移りたい奴は好きにさせろ」

と常吉はねつけるように言った。「働く気のない奴らがいくら集まったって、商売などできやせん」

「分りました」

賢司は諦《あきら》めたようにため息をついた。「一応組合の方へそう回答しましょう。一波乱あると思いますけどね……」

賢司が出て行くと、常吉は葉巻をくわえて火を点《つ》けた。これも医者に厳禁されている。

平田常吉は小さなラーメン屋から始めて、数十のチェーン店を持つ外食産業の会社を造り上げた、いわば典型的なたたき上げの社長である。こういうタイプの経営者は自らに厳しいと共に、従業員に対しても、自分と同じ厳しさを要求する傾向がある。

大体、常吉には、働くことは即ち喜びなのであって、一日でも多く休みたいなどという気持が全く理解できないのである。

「出かけてくるぞ」

常吉は、手近な者へ声をかけて——秘書などというむだな人間は置いていないのだ——会社を出た。週に一度、こうして外出して自分の持っているチェーン店のどれかに行くのである。むろん店のウェイトレスは社長の顔など知らない。常吉は一人の客として入り、店の様子や、従業員の態度などを観察することにしていたのである。

会社を出て地下鉄の駅へ向って歩き出した所で、突然心臓がしめつけられるような気がして、一瞬、目の前が真っ暗になった。——時折こうした発作に襲われるのだが、今日のは格段にひどい……。

しかし、しばらくじっとしていると、漸く発作も鎮まって行った。——今日はやめておこうかと思ったが、いや、そんなことでどうする、と自分を叱りつけ、また歩き始めた。

今日の店は、チェーン店の中でも規模の大きいものの一つだった。人件費を食うわりに利益は今一つという所があって、常吉をイライラさせている。

常吉は店の入口で中の様子をうかがった。午後の三時ということもあって、ほぼ半分くらいの入りだ。常吉は店のウェイトレスたちが入口の方を見ていない時を見すまして店へ入ると、一番目につきにくい、奥のテーブルについた。

大声で呼ばなくても、新しい客に気付いてすぐにやって来るようでなくてはならない。これが常吉の評価基準の一つである。すぐに水とメニューを持って来る店は、四つに一つぐらいで、ひどい所になるとたっぷり十五分も待たされる。――その店長は、言うまでもなく辛い点をつけられることになる。さて、ここはどうかな。

常吉は手の空《す》いたウェイトレス同士が笑いながらおしゃべりをしているのを、苦々しい思いで眺めた。客の目にも見苦しく映るし、あっちの客が手を上げているのにもなかなか気付かない。

食事の出し方はまあまあだ。皿をさげる時にあんなにガチャガチャ音を立てる奴があるか。――ああ、フォークを落とした。全く！　客の印象を一度に悪くしてしまうじゃないか！　常吉は首を振りながら、ため息をついた。

常吉は、席について五分ぐらいは店の中の様子ばかりが気になっていたが、十分、十五分とたつと、苛立《いらだ》ち始めた。この店は一体どうなってるんだ？　まだ客に気付かないとは。手を上げて呼ぼうとして、思いとどまった。いや、放っておこう。果してどれぐらいかかるか。常吉は腕時計を見た。十七分たっていた。

二十分、二十五分、三十分……。

常吉の怒りは頂点に達していた。ここの店長はクビだ！　従業員を全部入れかえてやる。——しかし店の中で呼びつけて叱責《しっせき》するのはよくない。客に悪印象を与えることになる。

ともかく、喉《のど》が渇いていた。憤りを押えて、

「おい、君！」

と、ちょうどすぐそばのテーブルを片付けに来たウェイトレスへ声をかけた。そして……呆然《ぼうぜん》とした。はっきりと、大きな声で呼びかけたのに、向うはまるで無視して、行ってしまったのである。

何という態度だ！　どういう教育をしているんだ、一体？

自分の店で、こんなことがあろうとは……。信じられない思いだった。

ちょうど店長の制服を着た男がレジへ出て来た。常吉は大声で、

「おい、こっちだ！」

と手を上げて怒鳴った。だが、店長は常吉の方を見向きもせずに、ちょうどかかっ

て来た電話を取って話し始めた。

常吉の体は怒りに震えた。そして席から立ち上ろうとして——。

「しかし、いいんでしょうか？」

店長は声を低くして、送話口に話しかけた。「何だか申し訳ないような気がしまして……」

「いいんだよ、それで」

平田賢司の声が返って来る。「それで、親父にも、待たされることの辛《つら》さが分るさ」

「はあ……」

「君らの生活をかけての要求にも、親父は全く応じようとしなかった。君らはいつも待ち呆《ぼう》けを食わされて来たんだ。——親父だって少しは身にしみるさ。無視されることの腹立たしさ、待つ身の辛さがね」

「それはよく分りますが……」

「親父に怒鳴られたら、僕にそう言われたと言ってやればいいんだ。君には決して迷惑がかからないようにする」

「お願いします。何しろ私だけでなく、ウェイトレスみんなの生活がかかってるんですから」

「大丈夫だよ。安心していたまえ」

「それならよろしいんですが——」

店長は、ウェイトレスの一人が真っ青になって飛んで来るのを見て、言葉を切った。

「大変です！」

ウェイトレスは震える声で言った。「あ、あの……あの方が……死んでる……」

そしてヘナヘナと座り込んでしまった。

「こんなことになるとは……」

店長はすっかりしょげ切っていた。賢司は慰めるように肩を叩いて、言った。

「君のせいじゃないさ。僕の言う通りにしただけなんだ。責任は僕にある。心配することはないよ」

「そうおっしゃっていただくと……」

店長が社長室から出て行くと、賢司は壁にかけた父の写真を見上げて、ふっと笑みを浮べた。——これでおれもやっと社長だ。

「待つ身は辛かったよ、お父さん」

と賢司は言った。

馬鹿げた生き方

「お誕生日、おめでとう」

「ありがとう。あなたも、お誕生日おめでとう」

「ありがとう」

浩子《ひろこ》と博子《ひろこ》は互いに言い合って、それから同時にため息をついた。

「やっと二十歳になったのね」

と浩子が言えば、

「やっとね。まだこれから五十年も生きなきゃいけないのよ」

と博子も、うんざりしたような声を出す。

浩子と博子。名前の読み方が同じというだけでなく、誕生日も同じ、趣味も同じ、好きなタレントまで同じという、親友同士である。

「面倒くさいわねえ」

と浩子がグチる。「自分の生き方を決めなきゃいけないなんて」

「本当にねえ」

博子も同調して、「何歳でどんな男と結婚して、何歳で子供が生れて、何歳の時に夫が課長になって……。そういう決ったコースがあると悩んだりしないですむのにね」

「そういうのがあれば、私たち同じコースを選びましょうね」

「もちろんよ！　親友同士ですもの」

二人は固く手を取り合った。

「でも、博子、二人で全く同時にやるっていうのは難しいわね。どっちかが先になって、もう一人がそれに合わせてたら、どうしても時期がずれるでしょう」

「それはそうね」

と博子は考え込んだ。「何かいい方法、ないかしら？」

二人は考え込んだ。――博子はふと新聞の週刊誌の広告を見ると、目を輝かせて、

「そうだわ！」

と声を上げた。「いい方法がある！」

「何なの？」

「ほら、今度女優の山中千恵が結婚するじゃない」

「ええ。でも山中千恵って二十二歳よ」

「そう。だから、山中千恵に合わせるのよ、何もかも。あっちは常に二年先なんだから、こっちはゆっくり合わせられるし、二人で全く同じように生きていけるわ。どう思う？」

「それ、いいアイデアね！」

「これでやっと生き方の心配しなくてすむわね」

——こうして二人は二十二歳の七月に結婚式をあげた。どちらも相手は山中千恵と同じくTV局の人間だった。

山中千恵は結婚二年目に男の子を生んでいた。そこで浩子と博子は、ちょうどその時期に生れるように、逆算して子供造りに励んだ。もっとも、励んだのはむしろ二人の夫の方であるが。

努力のかいあって、浩子と博子は揃って妊娠し、わずか二日違いで、これは偶然にもどちらも男の子が生れた。

同じ病院の同じ病室で、二人は互いの友情の固さを確かめ合ったのだが——

「あら！」

とベッドで新聞へ目を通していた浩子が声を上げた。

「どうしたの？」

「〈山中千恵、離婚！〉ですって！」

「まあ、困ったわね」

「どうする？」

二人はしばし考え込んだが、やがて顔を見合わせて肯《うなず》き合った。

二年後、浩子と博子は、無理に理由をこじつけて強引に離婚した。二人の亭主はやけ酒をくみかわして、互いに女の気持は分らないと語り合った。

浩子と博子は忙しかった。子供の世話をする傍、再婚相手を見つけなくてはならなかったのだ。山中千恵は離婚して一年後に、医者と再婚していたのである。

容易なことではなかったが、浩子は通っていた歯医者と、博子は眼科の医者と再婚できた。

「——これで一安心ね」

と浩子は言った。

「本当ね。私たちの友情もこれでますます固くなったわね」

と博子は言って新聞を広げ、「あら、また山中千恵の記事よ」

「ええ？　また離婚？」

「違うわよ。——こんなことならどうってことないわ」

と博子は笑った。山中千恵が、〈私はいかにして半年で五キロやせたか〉という手記を寄せていたのである。

二年後、浩子は死んでしまった。二人はちゃんと半年かかって五キロやせた。しかし、この親友同士にも生れつき一つだけ違う所があったのである。博子は体重が七十キロ近くもあったのに、浩子の方はやっと三十五キロしかなかったのだった……。

潜水教室

「いいか、潜りっていうのはな、精神力なんだ」

何となく、先週の日曜日に動物園で見たオランウータンを思い出させる水泳教師は少年たちをにらみ回しながら言った。

一郎は、見学に来てプールサイドに腰をおろしている父親の方をチラリと見やった。ちゃんと泳げさえすりゃいいじゃないか。どうして潜りの練習までやらせるんだろう？

この水泳教室の講習料が、潜水指導まで含んだ料金であるということの意味は、まだ一郎には分らないのである。

「——言いかえれば、どれだけ我慢できるかってことだ」

と教師は続けた。「苦しい。それはみんな同じだ。誰だって苦しいんだ。そこで諦《あきら》めて水から頭を出してしまうか、それとも、何くそと頑張るか。——そこで違って来るんだ。分るな？　よし」

誰も分るなんて言わないのに、一人で肯いて、教師は海水パンツをぐいと引っ張り上げながら、プールの方へ歩いて行った。

「よーし、みんなプールへ入れ」

少年たちが渋々水へ入って行く。一郎も、どうしてこんな面倒なことをしなくちゃならないのか、という、甚だ基本的な疑問を抱きつつ、いやだと言えば力ずくで放り込まれるのを経験から承知していたので、一番後から水へ入った。

実際、この水泳教師は不愉快な奴だった。

「きっと他にできることが何もないんだぜ」

と、教室の帰り道、少年たちは陰口を言ったものだ。

「そういう奴に限って、やたら威張るんだからな」

少年たちの目もなかなか鋭いのである。

一郎は、胸まで水につかりながら、教師がまた精神論をぶっているのをぼんやりと聞き流していたが、ふと思いついて、そばの少年へ囁《ささや》きかけた。

「おい、あいつ、沈めちまおうよ」

「え？　沈めるって？」

「どうせみんなで一斉に潜るんだろ。そしたら、あいつの上にワッと乗っかってやるのさ」

「面白いな」

「代りばんこに顔を出して息をするんだ。そうすりゃいつまでだってやってられる」

「でも、あいつ溺《おぼ》れちゃうぜ」

「大丈夫さ。パパがいるもの」

と一郎は得意気に言った。「パパは医者なんだ。そういうのを治すの、巧《うま》いんだぜ」

「なら安心だな」

――この話が少年から次の少年へ、またその次へ、と伝わるのは、アッという間だった。

そんなこととは露知らぬ教師は、

「よし、じゃ、〈一、二、三〉の合図で潜るんだぞ！　真先に顔を出した奴はもう一度だ」

「先生も潜るんでしょ」

「もちろんだ。みんながへばって顔を出しても、先生は潜ってるぞ」

と楽しげに言って、「よし、始めるぞ！　思い切り息を吸って。――一、二、三！」

少年たちが、潜った教師の上へ、ワッとのしかかって行った。

「すると、遊びだったとおっしゃるんですね？」

と警官が言うと、一郎の父は肯《うなず》いた。

「そうとしか思えませんよ。よくやるじゃありませんか。水に潜った奴の頭をギュッと押えつけるのは」

「それにしても、溺死《できし》するまでというのは行き過ぎですな」

と警官は首を振った。

少年たちの話から、言い出したのが一郎だということはすぐに分った。

「だって、大丈夫だと思ったんだよ」

と一郎は言った。

「どうしてそう思ったんだね？」

「パパがついているもの」

「パパが？」

「うん、パパは専門のお医者なんだ」

それを聞いていた一郎の父は慌てて警官に、

「違います、私は医者なんかじゃありませんよ」

と言った。

「だって、パパ――」

一郎は不服そうな顔で言った。「パパ、いつか言ったじゃないか。パパはモグリの医者だって」

モーニング・コール

一体どれぐらい鳴っていたのか、彼は電話の音で目を覚ました。覚まさせられた、というのが正確なところだろう。

まるで強力接着剤でくっつけたかと思える瞼《まぶた》を何とか引き離し、鳴り続ける電話に手をのばした。——一体誰だ。畜生め。

「おはようございます」

いきなり若い女の元気のいい声が飛び出して来たので、彼は面食らった。声は続いて、

「ただいま七時三十分。お目覚めの時間です」

我知らず、

「はあ、どうも」

と答えていた。が、それを言い終らない内に、電話は切れていた。——そうか。い

やにハキハキしたしゃべり方だと思ったが、モーニング・コールのテープの声なんだ。

大欠伸《あくび》をしながら起き上って……彼は部屋を見回した。

「どうなってるんだ?」

と思わず呟《つぶや》いたのは、そこが、自分のオンボロアパートだったからである。


「何だ、今朝は遅刻しなかったのか」

〈今朝は〉というところを強調した課長の皮肉にも、彼は腹を立てる気にならなかった。

いくら彼——中村が遅刻王の別名をたてまつられているといっても、定刻通りに出る日の方が少ないというほどでもない。せいぜい遅刻は週に三回ぐらいである。

しかし今朝ばかりは……。

「おい」

と中村は隣の席の太田に声をかけた。「モーニング・コールで起こされたこと、あるか?」

「ああ。出張した時は必ず頼んでるよ。たいてい夜は飲み歩くからな。起こしてもらわなきゃ、とっても自分じゃ目が覚めない」

「違うよ。そうじゃない、自分の家でさ」

「家でモーニング・コール？」

と太田が目を丸くする。

そして中村の話を聞くと、

「ふーん。そういう新商売ができたのかもしれないな。何しろ今はアイデア商法の時代だからな」

しかし、いくら新商売だからといって、頼みもしないのに起こしてくれるだろうか？

「中村さん、今朝は早いのね」

とお茶をいれてくれる遠藤《えんどう》みつ子が微笑みながら言った。「起こしてくれる彼女でもできたの？」

みつ子は至って目立たない、しかし気立てのいい娘だった。中村は苦笑して、

「そんな色っぽい話だといいんだけどね」

とお茶をガブリと飲んで、熱さにとび上った。

次の朝も、中村は電話の音で目が覚めた。

「おはようございます」

と同じ声。「ただいま七時三十分。お目覚めの時間です」

そして切れる。中村はしばらくポカンとして、受話器を握っていた。


「おい、中村。部長がお呼びだぞ」

課長に言われて、部長室へ入っていくと、峰岸《みねぎし》部長が肘《ひじ》かけつきの椅子に巨体を埋《うず》めて待っていた。

「このところ、やる気を出しとるじゃないか」

と峰岸がニヤニヤしながら言った。「もう二か月も遅刻ゼロ。お得意の接待で明け方までかかっても、ちゃんと出社して来ている。いや、見上げたもんだ」

「恐れ入ります」

「ところで、君はうちの娘の愛子を憶《おぼ》えとるか？　いつか社のパーティで……」

「はあ、お目にかかりました」

「そうか。実は今夜芝居へ連れて行ってやる約束をしていたんだが、わしは急用ができた。君、すまんが代りに娘をエスコートしてやってくれんか？」

「私がですか？」

「娘もその方がよさそうだしな」

峰岸は意味ありげに笑った。

部長の娘を……。席へ戻っても、中村はしばし落ち着かなかった。考えまいと思っても、あわよくば、という思いがつい頭をかすめる。

モーニング・コールは、この二か月、欠かさず続いていた。中村が一度も遅刻しなかったのも、もちろんそのせいである。

毎日聞いている内に、その声がテープの声らしくしゃべってはいるが、実際は生の声だと分ってきた。時々、しゃべり方が微妙に変るし、途中で咳込《せきこ》んだりすることもあったからだ。

「もしもし、誰なんです、あなたは？」

と訊《き》き返してみることもあったが、相手は決して返事をしようとはしなかった。知らない人間ではないと思うのだが、声の調子を巧みに変えているのか、どうしても思い当らないのだ。

——その夜の愛子はすばらしく魅力的だった。美人というだけでなく、どんな大勢の中にいても目立つ華やかさを持った女性である。

おまけに、芝居を見終ってから、中村など足を踏み入れたこともない高級レストランへ入り、二人でワイングラスを傾けた。

「今夜、父が急用ができたなんて、嘘なのよ」

と愛子は言った。

「それじゃ……」

「最初から、あなたと行きたかったの、私」

愛子の目の輝きは、ぞくぞくするほど中村の胸をときめかせた……。

その翌朝、中村はいつも通り、モーニング・コールで目が覚め、受話器を取った。

「おはようございます」

と言葉はいつも通りだが、妙だった。いつもの、明るい弾むような調子でなく、いやに沈んだ、物悲しいトーンだ。いつものセリフが終って、通話が切れる前、中村は相手が深々とため息をつくのを、はっきりと聞いた。

「おい、やったな」

と隣の太田がそっと声をかけて来た。

「何の話だい?」

「とぼけるなよ。峰岸部長の娘と、もう時間の問題だっていうじゃないか」

「そんな……」

中村は照れたように笑って、「分りゃしないよ、どうなるか」

「俺も一つやる気を出すかな。しかし、まだ売れてない重役の娘なんているかなあ」

中村は苦笑した。他人から見れば、出世目当てに部長の娘を仕止めたと見えるのは仕方のないことかもしれない。まあ、中村自身、愛子への恋心の内の一パーセント程度、そんな気持がないでもなかった。

しかし、本当のところ、中村は愛子に惚《ほ》れてしまったのだし、愛子の方も——一体どういう気まぐれからか知らないが——中村を愛しているらしかった。

愛し合うようになった相手が、たまたま部長の娘だったというだけだ。愛子が言っているように、「言いたい人には言わせときゃいい」のだ。

「中村さん、おめでとう」

という声に顔を上げると、遠藤みつ子がお茶をいれて来てくれたところだった。

「部長のお嬢さんと結婚なさるんですってね」

「え？……まあ……たぶんね」

「よかったわ、本当に。早起きのたまものね」

中村がお茶を飲みかけた時、電話が鳴った。みつ子が代りに取った。

「はい、おはようございます、M商事でございます」

中村はギクリとした。席が離れているので、みつ子の電話する声はあまり聞いたことはなかった。今の「おはようございます」という声の調子は……。

「何か心配事？」

と、その夜、行きつけのスナックで、愛子が訊いた。

「いや、別に……」

「今夜は遅くなってもいいの。父は出かけてるし。あなたもいいんでしょ？」

「ええ……まあ……」

「はっきりしないのね。そんな風だから寝坊するのよ」

「最近はしていませんよ」

「モーニング・コールのおかげでしょ」

中村は、いたずらっぽい愛子の笑顔をまじまじと見つめた。

「じゃ……あの電話は、あなたが？」

「冗談じゃないわ、私がそんなに早く起きられるはずがないでしょう」

「すると――」

「遠藤みつ子っていう子がいるでしょ。あの人にアルバイトを頼んだのよ。あなたが遅刻ばっかりしていたんじゃ、父だって私との結婚を許してくれないし」

中村は、あの朝のモーニング・コールの打ち沈んだ声を思い出していた。

「中村さん。今夜は帰らないでね」

と言った愛子の目が燃え立っていた。


翌朝、愛子の部屋から出社した中村は、みつ子が休んでいるのに気付いた。今朝もきっと七時半に、電話は鳴ったに違いない。だが、誰も受話器を取らなかった……。

みつ子が車にはねられて重態だという知らせが入ったのは、昼過ぎだった。

「今朝、出社して来る途中でね。何だかぼんやりしてて、赤信号なのに渡ろうとしたらしいんだな。あの娘にしちゃ珍しい」

と太田が言った。

その夜、中村はまんじりともできなかった。みつ子がもし死ぬようなことがあったら、自分の責任だという気がした。——そして、不意に、愛子への恋が急速にさめて行くのを感じた。

やがて夜が明け、窓から表を見ていると、電話が鳴った。七時半だ、中村は飛びついた。

「もしもし、こちらはT病院ですが」

と女の声がした。「中村さんですね？」

「そうです」

「遠藤みつ子さんが、今亡くなりました。意識のある時に、自分が死んだらすぐにあなたへ電話してくれと言っておられたので……。驚くほどの頑張りで今までもっていたんですが、七時半になると、急にすっと眠るように……」

みつ子の、最後のモーニング・コールだった。

むだ遣いの報酬

普通、サラリーマンにとって、休日というのは嬉《うれ》しいものである。

もちろん、日曜日や祝日に出勤しなくてはならない職業もあるが、それでも他の曜日に休んでいるはずだ。休日は、身も心も安らぐひととき……でなければならない。

だが、佐々木のように、家にいるよりは会社へ行って仕事をしている方がいいと思うようになると、これは危機だと言わねばならない。

もとはといえば、佐々木自身の給料が安いせいなのだが、佐々木だって、好んで安い月給をもらっているわけではない。自分で上げられるものなら上げるのだが、そういうわけにはいかないのである。

しかし、妻の良子にはそうは思えないらしい。生活が苦しいのは月給が安いからで、月給が安いのは夫の働きが悪いからであると考えているのだ。

しかし、いくら佐々木が仕事熱心でも、休日に、一人で出勤する気はしない。いや、たとえ出たところで仕事にならないのである。

いかに良子とて、夫を無理に会社へ行かせるわけにもいかず、従って、限られた給料内で生活し、しかも貯金もしようと思えば、取るべき方法は一つしかない。

徹底して、むだ遣いをなくすことだ。

預金の金利の計算や、どこのスーパーのチリ紙が三円安いかといった情報にかけては、良子は実に詳しかった。

この努力は当然夫にも要求され、休日はタバコもなし、駅前まで出かけるときも、バス十分、徒歩三十分だから、佐々木としてはバスに乗りたいが、良子は、運動になるから歩けという。

バスの回数券は持っているのだが、それも良子が管理していて、朝、出がけに二枚くれるだけという厳しさである。

それに、休日に、家にいると、

「顔を洗うとき水を出しっ放しにしないで！」

「電気を消して！　昼間よ……」

「ティッシュペーパーは一枚ずつはがして使ってと言ってるでしょ！」

といった具合。

これを一日中やられてはたまらない。

佐々木がいつも昼頃になると堪え切れなくなって、散歩に出ることにしていたのも当然であろう。

「全く、あんなケチ、どこを捜したって、いやしないぞ」

団地の商店街をぶらぶらと歩いていた佐々木は、ふと、ある店の前で足を止めた。ウインドウの中に、釣竿《つりざお》がある。佐々木はじっとそれを見つめていた！

「まさか……」

と思わず声が出る。

佐々木はあまり趣味のない男で、釣が唯一の楽しみと言ってもいいくらいだ。しかし、それも良子の倹約令に沿って、ここの何年かはさっぱりやっていない。休みのときに、釣竿を取り出しては眺めたり、手入れをして過したのが、せいぜいであった。

「やあ、佐々木さん」

店の主人が、ひょっこりと顔を出して来た。やはり釣の好きな男である。「お目に止まりましたね」

とニヤついている。

「こ、この竿、本物なのかい？」

佐々木は自分の声が震えているのに気付かないほど興奮していた。ウィンドウの中にあるのは、釣マニアなら誰もが持ちたいと思う、超高級の釣竿で、数十万もするものなのだ。

「正真正銘、本物ですよ」

と主人は肯《うなず》いた。

「じゃ、値札が一桁《けた》違ってるよ。びっくりさせないでくれ」

と佐々木はため息をついた。

「違っちゃいません」

「何だって？　じゃ、四十万以上もする、この釣竿を、たった三万円で売るっていうのかい？　欠陥商品なんだね」

「とんでもない。何なら試してごらんなさいよ。さあ」

店の主人に言われて断る佐々木ではない。実際に手にしてみると、全く噂の通り、竿の方から手に吸いついてくるように、よく馴染《なじ》むし、完璧《かんぺき》だった。

「この間、知っている人が亡くなりましてね。その人が私に遺《のこ》してくれたのが、この釣竿なのです。私が持っていても宝の持ちぐされだ、そう思いましてね。安い値で売ることにしたんです」

「いや、本当にすばらしい。目の毒だなあ」

「どうです、買いませんか？　三万円を、佐々木さんなら、二万五千円でいいですよ」

佐々木は唇をなめた。額に汗が浮いている。

「いつまで待ってくれる？」

「そうですねえ……。もう二、三人声をかけて来られた方もあるんですよ。早い方が、やっぱり……」

これが売るための手だとは思っても、焦りは抑え切れない。

「ちょ、ちょっと待っててくれ！」

佐々木は家の方へ駆け出しながら、

「いいかい、他の奴には売らないでくれよ！」

と振り向いて叫んだ。

とはいえ、二万五千円。この緊縮財政から果して、そんな金を良子が出すのをＯＫするかどうか。佐々木には全く自信がなかった。

家へ帰ってみると、良子は買物に出るところで、

「今日は遠い方のスーパーで油を十二円も安く売ってるから、そっちへ行ってくるわ。どうしたの、あわてて?」

「――いや、何でもない」

佐々木は良子が出て行くと、引出しから、生活費として置いてある金を取り出した。

二万五千円……。

良子が何と言うだろうか?――佐々木はしばらく、その金を手にしたまま、立ち尽くしていた。


良子は、もう、少し暗くなりかける頃に、やっと帰って来た。一人に一個と決められていた食用油を、三個買うために、一つ買っては時間を潰《つぶ》し、また一つ……という具合だったので遅くなったのである。

「ただいま」

部屋は暗かった。出かけているのかしら? 明りを点《つ》けようとして、良子は、ふと、低い唸《うな》り声を聞いた。何だろう?

明りが点くと、佐々木が、部屋の中央で、倒れて、呻《うめ》いていた。

「あなた、どうしたの？」

駆け寄って、良子は息をのんだ。夫の口から、血が溢《あふ》れるように流れ出ている。

「歯が……」

と佐々木は苦しそうに言った。

「え？」

「歯が……痛んで……抜いてもらった……血がとまらなくて……」

「しっかりして！　ひどい出血よ」

良子はどうしていいのか、おろおろしていたが、夫の様子がただごとでないと気付くと、一一九番のダイヤルを回した。

「お入り下さい」

部屋へ入ってきたのは、良子も顔を見知っている、団地内で開業している歯医者だった。

「私にご用というのは……」

「あなたは訴えられているんですよ」

と刑事は言った。

「どうして私が――」

「うちの人を殺したじゃないの！」

良子は、歯科医へつかみかからんばかりの勢いで言った。

「警察医の診断では、歯を抜いた跡の処理が全くといっていいほどなされていない、ということでした。抜き方もひどい。これは刑事事件にもなり得ますよ」

「冗談じゃありません！」

歯科医は青くなって、「私はそんな人など治療していませんよ！」

「今さら何てことを。この……」

また良子がつかみかかろうとした。

「やめてくれ！」

歯科医が悲鳴を上げた。

良子は、家の中で、放心したように座っていた。――夫はもういない。

歯を抜いたぐらいで、人が死ぬなんて……。出血のショック、特異体質……。医者は色々言っていたが、何がどうなっても、もう構わない……。

「ごめん下さい」

玄関に声がして、出てみると、夫の釣仲間だった商店主だった。「どうもご主人はとんだことで……。実は、釣竿《つりざお》の代金を返しに上ったんです。あれはご主人に差し上げます。ぜひ一緒にお棺へ入れてあげて下さい」

と、二万五千円を差し出す。良子は戸惑った。

「釣竿というのは……」

「ご存知ないんですか？」

事情を聞き、二万五千円を手にした良子は、一人になると、ペタンと座り込んでしまった。――二万五千円の出費。夫はそれを歯医者へ払ったと言ったのだった。

二万五千円も使って、しかも文句を言われないためには、他の理由を思いつかなかったのに違いない。

良子は、佐々木が必死になって自分の歯を抜いている所を思い浮べた。ひどい抜き方だったはずだ――。そして、死んでしまった。

自分が殺したのだ、と良子は思った。私があの人を殺したのだ。

良子は、手にしていた二枚の一万円札と一枚の五千円札を、力一杯引き裂いた。何度も何度も、細かく破り続けた。

兎のおしっこ

僕は額に浮んだ玉のような汗を拭《ぬぐ》いながら、いつものバーへ入って行った。

彼は相変らず同じ席に座って、僕の方へ笑いかけた。

「暑そうだね」

「地下鉄に乗ってたんだ」

と僕は言った。「あの暑さときたら……地獄だぜ、正に！」

「ラッシュアワーだからな」

「君はいつも涼しそうだな」

彼は笑って答えなかった。そして僕のために水割りを注文すると、

「満員電車の詰め込みの凄《すご》さは驚くべきもんだな」

と言った。「あれだけ押し込まれて生きていられるのは人間だけだってことを知ってるかね？」

「へえ、そうなのかい？」

「牛や豚を運ぶんだって、あんなにギュウギュウ詰めにはしない。死んじまうんだそうだ」

「人間よりデリケートなのかもしれないね」

「魚が群れをなして泳ぐときでも、一匹毎の間隔は、急に向きを変えるのに必要なだけは必ず開いているんだそうだ」

「なるほど、本能というか、生きる知恵というやつだな」

「人間はあんなに詰め込まれて、いざというとき逃げ出すだけの余裕もない。いつも命がけってわけだな」

「生きているのが不思議なくらいだね」

「僕の知っていた男の話なんだが」

と、彼はグラスをあけてから、言った。「その男は兎が好きだった。――なぜかは自分でも分らなかったようだ。よく、新宿の地下広場辺りで、兎を売っているのを見かけるだろう」

「ああ、あれはひどく残酷に見えるね。見る度に不愉快になる」

「彼もそうだった。そして、黙って見過せないので、狭い箱の中でひしめき合っている小さな動物たちを見る度に、それを全部買い込んでいたんだ」

「そりゃ大変だな」

「彼は独り暮しで、幸い一軒家に住んでいたので、庭一杯に兎小屋を作って、そこに何十匹も兎を飼っていた。増える一方だったら、何十匹で済みそうもないが、結構、近所の小学校あたりから譲ってくれといわれて、もちろん只《ただ》でやっていたので、まあ何とかそれ以上は増えなかったらしい」

「奇特な人だね」

「とても孤独な性格でね。人づきあいもほとんどなかった。いうなれば兎だけが心の友だった、ってところかな」

「それで？」

「もちろん、そんな男だから、浮いた噂一つなかった。そろそろ四十代も終りに近づくまでは、だ」

「すると……恋人ができたんだね？」

「そうなんだ。彼は若い女に夢中になった。女の方も、そう性悪女というわけでもなく、最初の内は彼の求愛に応《こた》えて、一緒に彼の家で暮すようにさえなった。ところが、問題は――」

「兎だった。そうだろ？」

「最初の内はよかったんだ。しかし、若い女のことだ、次第に中年男にあきたらなくなって来る。兎だって、見てる分には可愛い可愛いで済むが、飼うとなりゃそうもいかない。小屋の掃除だってしなきゃならん。兎の糞やらおしっこの匂いも、いやとなると堪え切れなくなって来るもんだ」

「で、家を飛び出した、ってわけだな」

「もともと結婚していたわけでもないしね。──だが、悪いことに、彼がたまの出張で一週間もいなくなった間に、女の方は家を出てしまったんだ。何十匹もの兎たちは、飢えから病気になって彼が帰って来たときは、ほんの数匹を残して死んでしまっていた」

「彼としては女を憎んだろうね」

「いや、もう放心状態でね。──憎むといった元気もなかった。周囲の、ごくわずかの友人たちが励ましたんだが、会社にも行かず、一日中、電車に乗って、ただ意味もなくうろついているばかりだった……」

「悲惨な話だね」

と僕は言った。

「まだ先があるんだよ」

と彼は二杯目のグラスを手にしてから言った。「彼は、わずかに生き残った何匹かの兎の世話をしているときだけが楽しそうだった。――ところがその数匹も、病気でバタバタと死んでしまった。そうなると、もう彼は生きる支えを失ったようなものでね。今度はいなくなった女を捜し回ったんだ」

「見付かったの？」

「あてもなく捜すんだからね、見付かるはずもない。――疲れ切った彼は、地下鉄の駅へと歩いて行った。その途中で、彼は、また兎を売っているのを見付けた。持っている金では全部は買えなかったが、二匹買って、それをコートの左右のポケットへ一匹ずつ入れて、地下鉄へ乗った。ちょうどラッシュアワーだった」

「そりゃ大変だな」

「彼はポケットの兎が押し潰《つぶ》されるんじゃないかと気が気じゃなかった。それでも、何とか隅のところに立って、ずっとそこにいれば大丈夫のはずだった」

「それが――？」

「ふと彼は同じ車両に、あの女が乗っているのを見付けたんだ」

と彼は言った。「我を忘れて、彼はそっちへ近付こうとした。その拍子にコートがねじれて、ポケットから兎が飛び出した。ちょうど電車が停って、ドアが開くと、ものの凄い勢いで乗客がなだれ込んで来た。彼は兎の上へ身を投げ出すようにしてかばおうとした。そして…死んでしまったのさ」

「圧死、ってわけ？　兎の方は？」

「助かったかどうか、それは分らないね」

「気の毒な話だなあ。――女の方は彼に気付いたのかしら？」

「騒ぎになってからね。彼女の方も後悔していた。最後の様子は彼女から聞いたんだよ」

「なるほど。わずかに救われるってもんだな」

僕はグラスをあけて、「彼はその女に、どうしてそんなに夢中になったんだろう？」

「知人に無理やり連れて行かれたキャバレーでね」

と彼は言った。「女はバニーガールをやってたのさ」

「なるほど。――彼女がホステスなら彼も死なずに済んだろうにね」

と僕は言った。

閑中閑あり

「お忙しいのは重々承知しているんでございますが……」

編集者がTV電話の画面で頭を下げているのが見えた。「そこを一つ何とか……」

「承知してくれてるんならいいじゃないの」

と彼は言った。「忙しくてね。とてもおたくの雑誌まで手が回らないんだよ」

「ですが、そこを何とか……」

「できないものはできないよ。それじゃ」

「あの――」

向うが何か言いかけるのも構わず、彼は電話を切ってしまった。

あまり後味は良くない。しかし、これで済むと思えば、それに馴《な》れてしまうのが人間というものである。

「俺も変ったもんだ」

と、彼は呟《つぶや》いた。

彼は流行作家である。広い仕事場は、都心のマンションの一戸分を潰して、書庫、資料室などに改造してあった。

何百万円もした、マホガニーの豪華な浮彫のある机。そのわきにはファクシミリも備えつけてある。

色々なものが近代化されたが、作家が小説を書き、編集者がそれを受け取って、載せるという基本は、少しも変らない。ファックスが日常的な道具になり、原稿もそれで出版社へ送るというやり方が一般的になったが、やはり編集者が見張っていなくては書かないというタイプの作家の場合は、相変らずの手渡しが行なわれていた。

流行作家へ原稿の依頼が集中し、力の弱い出版社が涙を飲むという事情も、同じことだった。

全く、俺も変ったと彼は思った。

駆け出しの頃は、自分で原稿を持って回ったものだ。どの出版社でも、ろくに見もせずに突っ返して来る。

その内に、粘り勝ちで、いくつかの作品が載るようになると、ぼつぼつ仕事の依頼が来始める。

あの頃は、電話が鳴る度に、胸をときめかせて飛びついたものだ。原稿の依頼なら何でも引き受けた。

一度など、受話器を上げると恋人からだったので、つい、

「何だ君か」

とつまらなそうな声を出して、振られたこともある。

その内に、いくつかの作品が好評で、シリーズ化されるようになって、収入も安定して来た。原稿の依頼も増え続けた。

彼は、依頼がなくなって困るより、多すぎて困る方がいいと、何でも引き受けた。断ったら、もう二度と注文が来ないのではないかと思ったのだ。

しかし、それも今や限界に近くなり始めていた。

三十代の若い頃なら、バリバリと書きまくって一向に平気だったものだが、五十を越えた今となっては、かなりの負担を強いられるようになっていた。

だから、最近は小さな出版社の依頼は断るようにしていた。

最初に断るときには、非常に勇気を必要とした。それはまるで現代で天動説を主張するような気持である。今でも、多少そんなところもないではない。何でも引き受けていた頃の名残りだ。

それに、このところ平均寿命の伸びが著しくて、ついに百歳を越えていた。

そうなると、作家には停年もないので、従来より遥《はる》かに働かされる期間が長いわけである。

もう、そんなに稼いでも仕方ない。税金で持って行かれるだけで、手もとに残る金は少しも増えていないのだ。

「――少しは休むか」

と彼は呟いた。

そう考え始めると、もうさっぱり原稿を書く気が失くなってしまった。

よし、断固として休みを取るぞ、と彼は決心して、自分の担当の編集者を集め、自分の気持を説明した。たちまち猛反対を食った。

「休筆して良くなることはありませんよ」

「それに連載は始まったばかりじゃありませんか」

「せめてこの本を出してからにして下さい」

「お休みになるのは結構なことだと思いますよ」

と珍しい発言もあったが、「うちの仕事だけはやって下さい」

と付け加えて、他の編集者からにらみつけられた。

「なあ、聞いてくれよ」

と彼は言った。「俺は三十代から二十年間書き続けて来たんだ。あの頃は元気もあったし、何より、平均寿命も短かった。衰えが来るのも早いから、今の内に書いておかなくちゃ、と思ったんだ。金をためておいて、書けなくなったら楽に暮そう、とね」

彼は編集者たちの顔を見回して、続けた。

「しかし、事情は違ってきた。医学の発達と老化防止対策のおかげで、八十までは充分働けるようになった。この先、三十年もあるんだよ！」

彼はため息をついて、「焦って仕事をしなくても、充分に時間はある。それなら、ここで少し休みたいと思ったんだ。書きたいテーマは持っている。しかし、何も急いで書かなくても、たっぷり時間はあるじゃないか。――なあ、そうだろう？」

彼の意志の固さを、編集者たちも納得したようだった。

「で、先生、どれぐらいお休みになるおつもりですか？」

と一人が訊《き》いた。

「そうだな」

彼はちょっと考えて、「五年ってとこかな。充分に時間はあるんだから」

と言った。

彼は言葉通り実行した。

五年間、休筆したのである。そして、日本にいてはだめだというので、海外へ出て、日本のことはきれいに忘れて、南米、アフリカなどの、ことさらに連絡のつかない土地を転々とした。

独り身だけに気楽で、大いに楽しんだ。

日本のことは考えないようにしていた。せっかく忘れるために来たのだ。新聞も、日本のものは読まなかった。

そして、五年がたちまち過ぎた。

さすがに少し人恋しくなって、彼は家へと戻った。

帰りの機内の新聞で、平均寿命が百二十歳にも達しようとしているという記事を読んだとき、彼は、もう少し休んでもよかったな、と思った。

彼は編集者たちに連絡して、帰って来た旨を伝えた。おそらくどっと原稿の依頼が来ると思って、待っていたが……一週間、二週間、一か月たっても、さっぱり依頼はなかった。

不安になった彼は一番親しくしていた編集者に電話した。

「そうですねえ、三年もすれば一冊出せると思います」

「三年？」

「ええ。ご存知なかったんですか。何しろ本というものが全然売れなくなっているんです。平均寿命が伸びたでしょう。どうせ百歳以上まで生きるんだ。別に今、急いで買って読むことはない、というわけですね。誰も本を買わないんです。――時間はたっぷりある、と……」

心中

二人は、その日、思い切り遊び回った。

「会社をさぼる、っていいもんだなあ」

と、彼は言った。「不良少年の気持が良く分るよ」

「私だって」

と彼女も言った。「もうあのいやらしい出庫伝票や在庫票と顔を合わせなくて済むと思うと、夢みたいだわ」

二人は、同じ会社に勤めていた。

彼は決してエリートコースを進んで来た男ではなかったが、それこそ血のにじむような苦労で、最年少の係長にまでなった頑張り屋であった。

酒、タバコ、賭《か》け事は一切やらず、ただひたすらに働き続けて来た彼が、ただ一つ、仕事以外に関心をひかれたもの、それが、今、一緒にいる彼女だったのである。

彼女は、どちらかといえば地味な、目立たない女性で、総務の仕事をしていた。しかし、他の女たちのように、いい男はいないかと漁《あさ》ったりせず、黙々と仕事をしている姿が、彼の心をひいたのだった。

彼は彼女に結婚を申し込み、彼女は真っ赤になって嬉《うれ》しそうに肯《うなず》いた。かくして、二人はめでたくゴールイン——するはずだった。

——夜中になっていた。二人は、閉店まで喫茶店で粘ってから、よくデートで歩いた、公園の池のほとりに出た。

真夜中の公園は、人っ子一人いない。池の面に、遠い灯が揺らいでいる。

池は、広くて、ボートがこぎ出せた。真中あたりは、かなりの深さがある。

二人は肩を寄せ合ったまま、しばらくその場に立っていた。

「覚悟はいいかい？」

と彼が訊くと、彼女はためらわず、

「ええ」

と肯いた。

二人は、つないであったボートへ乗って、静かに池の中央へとこぎ出して行った。

彼にとっては恩人である部長が、自分の娘と彼を結婚させようとしたのが、二人の悲劇だった。断れば、彼の未来は真っ暗である。

彼女は、別れるくらいなら一緒に死のうと言い出した。かくして、今、二人は池の真中に、ボートを浮べているのである。

しばらくボートはそこに浮んでいた。そして水音が二つ、聞こえた。

彼は、岸に泳ぎついて、水から上った。彼女が浮んで来る様子はなかった。

「成仏しろよ」

彼は呟《つぶや》いた。「出世のチャンスなんだ。君のことを恨んでたわけじゃない」

人目につかないうちに帰ろう。彼は濡《ぬ》れた服のまま、夜の道を歩き出した。

彼女を殺したのは俺じゃない。出世とか、義理とかが、彼を追い詰めたのだ。

そうとも。俺が出世すれば、彼女だってあの世で喜んでくれる。——自分を納得させて、足を早めた。

アパートの入口で、彼はギョッとして立ちすくんだ。

「これは……何だ！」

目の前の壁に『心中』という紙が貼ってあった。誰がやったんだ！　まさか——まさか彼女が騙《だま》されたと知って、化けて出たのでは……。

「やめてくれ！　許してくれ！」

後ずさりした彼へ、トラックがぶつかって来た。

翌日、アパートでの葬式が二つになった。一番上の画鋲《がびょう》が外れて、めくれていた貼紙もきちんと直って、〈忌中〉と読むことができた。

犬の落としたお年玉

「あれ？」

ぼくと一緒に歩いていた同級生の美代子が急に声を上げた。

「何だよ。急に変な声出して」

ぼくはちょっとイライラしていた。せっかくの正月だっていうのに、中学校でクラス委員だからというので、町内にある神社の掃除を割り当てられてしまったんだ。

当然、面白くない。ただ、同じくクラス委員で、すぐ近所に住んでいる美代子が一緒だというのが、まあせめてもの慰めだった。

「ほら、見てよ。あの犬――」

と美代子は、トットコ小走りに遠去かって行く犬を指さした。

「何か落として行ったのよ。ほら」

と美代子は走って行って、何やら拾い上げた。

「早く行かないと遅れるぜ」

とぼくはせっついた。

「ねえ、見て！　お年玉よ」

「犬が？　まさか！」

だが、近くへ行って見ると、確かに、それはお年玉の袋だった。犬の歯の跡らしいものがついている。

「中は入ってるのかい？」

「何か入ってるわよ。——ほら」

千円札が二枚だった。ぼくと美代子は顔を見合わせた。それから、今の犬の後を追いかけた。——けれども、もうどこの小路へ入り込んだのか、犬の姿はどこにもなかった。

「いないよ。行こうぜ、神社に」

「このお金、どうする？」

「名前なんか書いてないぜ、もらっとこうよ」

「だめよ！　何てことというの、浩次《こうじ》君は」

美代子はぼくをおっかない目でにらんだ。浩次、これは、ぼくの名である。お互い、美代子、浩次と呼び合う程度には、仲がいいのだ。

ともかく、時間がなかったので、ぼくらは神社の境内へと急いだ。三が日は過ぎたのに、まだまだ人出は多くて、こんなちっぽけな神社にも、晴着姿の女の子たちが目についた。

前の日のゴミを片付けたり、落葉をたいたりしている内に、すぐに昼になった。

「ねえ、浩次君、ラーメン食べに行こう」

と、美代子が誘いに来る。自慢じゃないが、食べることなら断ったことがない。早速、歩き出そうとした時、

「——ね、あの犬よ！」

と、美代子がぼくの腕をギュッと握った。

「いてて……」

馬鹿力なんだから、女のくせして。——さっきの犬が、何やら白いものをくわえて、神社の裏の林の中へ入って行く。

「くわえてるの、お年玉の袋じゃない？」

「うん。ぼくにもそう見えたよ。でも、犬があっちこっちからお年玉もらって来るなんてこと、あると思うかい？」

見ていると、犬はまた出て来てどこかへと小走りに……。もうお年玉はくわえていなかった。ぼくらは犬の跡をつけて行くことにした。犬を尾行するなんて、どんな名探偵だって、やったことがないだろう。

しばらく行くと、犬は足を止めた。少し先の家の玄関から、小学生——たぶん三年か四年生だろう——の男の子が、和服姿の老人と一緒に出て来た。

「おじいちゃん、ありがとう」

と小学生は、頭を下げて、お年玉を手に、口笛を吹きながら歩き出した。そのとたん、あの犬が駆け出して行ったと思うと、その小学生の手からお年玉の袋をくわえ取って、走って行ってしまったのだ。

「——大丈夫かい、正彦！　かまれなくて良かった。全くひどい犬だ。——さあ、お年玉をもう一度あげるから、そうがっかりしないで……」

と老人は、たもとから、またお年玉の袋を取り出した。

「あの犬、どういうつもりなんだろう？」

とぼくが言うと、美代子が、

「あの男の子の跡をつけましょう」

「どうして？　犬の方じゃないのか？」

「いいから、ついてらっしゃい！」

時々、美代子はいばりくさることがある。ともかく、ぼくらは、その男の子を尾行して行った。

また親類らしい家へ入って、少しすると、男の子は、お年玉の袋を手に出て来た。見送っている大人に手を振って歩き出した男の子は、さっきと同じように口笛を吹き始めた。そこへ、またあの犬が走って来た。そして……。

「——分ったわ」

と美代子が言った。「あの子、犬を訓練して、あの口笛を吹くと走って来てお年玉の袋を取って行くようにしつけたのよ。で、あの神社の裏の林に持って行くんだわ。男の子はもう一度お年玉をもらえる。つまりお年玉が二倍になる、っていうわけね」

「考えやがったな！」

ぼくは怒るよりも感心していた。——後は簡単だった。あの林の所で待っていれば、後で男の子がやって来るはずだ。

林のそばで見張っていると、やがてあの男の子がやって来て、奥へ入って行った。

「どうする？」

「こらしめてやりましょ。見てて」

と美代子が言った。

男の子が、お年玉の分厚い束を手に、ニコニコしながら出て来た。そのとき、美代子が口笛を吹いた。あの犬が走って来ると、男の子の手から、お年玉の束をくわえ去ってしまった。

「待て！　こら！」

男の子が追いかける。が、犬は境内の人ごみへと飛び込んで行った。そして、いくつもの袋をくわえ切れず、一つ、二つとばらまきながら、人に紛れて見えなくなってしまった。

「これでこりたでしょ」

「後で掃除するときに一つぐらい残ってないかなあ」

――美代子がぼくの腕をいやってほどつねって、ぼくは飛び上った。

意志の強い男

「大丈夫ですかね、先生は」

やっと雪の溶けた山道を、車はえっちらおっちら登って行った。

「心配ないわよ」

と、岡田房子は、ちょっと男心を誘うような、いつもの笑顔で言った。「主人は意志の強い人だもの。山荘に二か月一人で閉じこもるぐらいのこと、何でもないわ。私やあなたが一時間自分の部屋に足止めされる程度にしか感じないでしょうね」

それはそうかもしれない、と上条伸行《かみじようのぶゆき》は思った。上条はS大学で岡田教授の研究室に働く若い助手である。

助手とはいえ、優秀な男で、岡田のお気に入りでもあった。教授に気に入られるのはありがたかったが、反面こうして夫人の用で、時には運転手をつとめることもある。

もっとも、研究テーマをじっくり考えてみると言って、冬の雪山の山荘に、一人で岡田がこもって、もう二か月たっていたので、やはり上条は心配になっていた。だから、今日は喜んで運転手を買って出たのだった。

「先生もせめて電話ぐらいひいておけば良かったのに」

と、上条は言った。「万一ということがあるでしょう」

「あら、そんな心配ないわよ。肉と野菜が、冷凍室、冷蔵室にたっぷり三か月分はあるし、石油もタンク一杯。あの人は体も強いんだから」

実際、どうして岡田がこの浮気っぽい女を妻にしたのか、上条にはよく分らなかった。とかく、若い助教授あたりと噂が絶えず、また当人もそれを隠そうともしないのである。

上条も例外でなく、言い寄られたことがあるが、頑として拒んだので、房子も諦《あきら》めたようだった。岡田はもう五十になるが、房子はやっと三十五歳。

学問の虫で、人並外れて頑固で、一度言い出したら、てこでも動かない岡田である。客観的に見れば、房子夫人の方にも、多少同情すべき余地は、あったかもしれない……。

「着きましたよ」

上条は、まだ周囲に雪の残る山荘の前に車を停めた。

異変にはすぐに気付いた。玄関のドアは鍵《かぎ》もかかっていない。そして中は凍えそうな寒さだった。

「あなた？」

「先生！」

上条と房子は岡田を呼んだ。そして――岡田は居間のソファに座っていた。死んで、かなりたっている様子だった。


「分りませんな」

刑事は頭を振った。「つまりご主人はここに一人でおられた。ちゃんと食料も、肉と野菜がどっさりあった」

「主人は料理もできます」

と房子が言った。

「それなのに……餓死、したんですぞ！」

刑事は手を振り回した。「こんなことがありますか？」

「私には分りませんわ」

と房子は途方にくれた様子で言った。

「玄関のドアも、鍵が開いていた。だれかに閉じ込められた、というわけでもない。それでいて、食物には全く手をつけていない」

「自殺でしょうか？」

と、上条が言った。「でも死ぬ気なら、何も餓死なんかしなくても……」

「そう。――全く分らない事件だ。別に縛られていたとか、そんな形跡も全くない」

刑事はため息をついて、「奥さん、ご主人を恨んでいた人はありませんか？」

「さあ、一向に」

房子はあっさりと言った。上条は、ふとあることを思い出した。

房子が部屋を出ると、上条は刑事と一緒に、食料の保存してある冷凍冷蔵室へと行った。

中を見て回って、上条はゆっくり肯《うなず》いた。

「これは殺人ですよ、刑事さん」

「何だって？」

刑事が目を丸くした。「犯人は？」

「奥さんです。そして共犯は若い恋人……」

「だがどうやって――」

「先生は、頑固で、意志の強い方でした」

と上条は言った。「奥さんはそれを良く承知していたんです」

「どうやって餓死させたんだね？」

と刑事は聞いた。

「この中を見ると分ります」

と、冷蔵室を指さして、上条は言った。「先生はひどい偏食でしてね。魚以外のものは、絶対に食べなかったんです」

それは、全く手をつけられないままになっていた。

そんなはずはない、と彼は、少し遠くからそれを眺めて首を振った。そんなことがあるはずはないのだ。

しかし、それは厳然と存在している。全く形も崩れないまま、誰からも手を触れられずに。いくら、そんな馬鹿なことが、と否定してみても、目の前の実体を否定することはできない。

彼は一向に売れない画家である。自由業といえば聞こえはいいが、定収入のない身で、妻と三人の子を養って行くのは辛《つら》かった。

以前は、こんなことはなかったのである。結婚したての頃は、妻もまだ働いていたし、アパート住いも楽しかった。子供が生れた頃には、どんな仕事も断らなかった。

また彼には、正規の美術学校で学んだ下地があったから、実際、どんな注文にも応じることができたのだ。

大家、巨匠とは縁遠かったけれど、それなりに、器用な画家という点で重宝され、二人目の子が生れた頃には仕事も増えて、収入もそれに伴って増えていた。そして、念願の、アトリエのある家を建てることもできたのである……。

「何かお飲物はいかがですか」

声をかけられても、すぐには、自分に言ったのだと気付かず、大分タイミングを外してから、

「ああ、それじゃ……」

と彼は、手にしていた空のグラスをテーブルに置いて、新しく水割りのグラスを取った。――好きなだけ、只《ただ》で酒が飲め、食い物が腹へ詰め込めるのだ。

この機会に、うんと飲んでおこう。彼は、新しいグラスを一気に半分以上、あおった。

パーティは、今やたけなわである。

しかし、どうして俺がこんなパーティに招かれたのだろう？　首をひねってから、彼は、そんなことを考えたって、一文の得にもならない、と考え直した。

ともかく、招待状は間違いなく彼あてにとどき、彼は半信半疑のままやって来たの

だが、ちゃんと受付の若々しい可愛い娘が、名簿で確認し、胸に名札まで付けてくれたのである。

こうなったからには、食べまくって、飲みまくればいい。誰にも遠慮はいらない。

しかし、やはり彼としても、多少、他人の目というのは気になって、少しはおっとりと会場を眺め回すポーズぐらいは取らねばならないのではないか、などと考えている。

パーティは、立食のビュッフェ形式で、やや会場が手狭に感じられるほどの盛会である。客の大部分は、背広にネクタイというビジネスマンで、料理の並んだテーブルの間を歩いて行くときに耳に入る話は、

「あの会社のやり方は――」

「今年の景気見通しは――」

といった類《たぐい》のものばかりだった。

およそ彼が口をきけそうな相手はいない。それだけに、ますます食い気の方に集中するという結果になっているのだ。

彼はエビのフライを皿に取って食べた。まだ中が充分に熱くて、満足できた。

——彼の生活が変ったのは、家を建てた一年後に、彼が画壇でもかなり知られた賞を受けたせいだった。予想もしていなかっただけに、彼の喜びは並大抵のものではなかった。

この賞に報いるには、本来の画業に打ち込むしかない、と彼は決心して、あらゆる細かい仕事は全部断る、と宣言してしまったのだ。——早まった、と思ったときはすでに遅く、どうにも引込みがつかなくなっていた。

かくて収入は激減し、家のローンは重くのしかかり、今や、一家は離散も目前という有様である。そんなときに三人目の子供が生れて、多少、気も紛れていたが、それでも、乏しい預金残高は、減りこそすれ、一向に増えようとはしないのだった。

「畜生、まだあるじゃないか！」

彼は、少し人の波が切れて、テーブルの上のそれが目に入ると、思わず呟《つぶや》いた。

おかしい。どうなっているんだろう？

彼を悩ませているのは、テーブルの中央にドッカと据えられている大皿で——いや、皿の上の、大きなローストビーフの塊だった。

いかにも旨《うま》そうに輝きを見せる、その肉の塊は、端の方が少しスライスしてあったが、ほとんど塊のままだった。

こういう立食パーティも、彼はもちろん初めてというわけではない。立食パーティにはよくローストビーフが大皿で出される。そんなことは彼だって知っている。

しかし――そのローストビーフが、すでにパーティが始まって一時間もたっているというのに、一切れも取られていない、つまり誰も手をつけていないのが不思議だった。今までの乏しい経験から言っても、ローストビーフはまず真っ先になくなるものである。

一番の狙い目であり、誰もが一切れずつは口にする。それなのに、ここでは、誰もそれを食べようとはしないのだ。

彼はパーティの開始に二十分ほど遅れて来たから、最初の皿が空になって、あれが二皿目ということも考えられる。しかし、四十分間も、誰一人手をつけないなんてことがあるだろうか？

彼は、極力、そっちを見ないようにしていたが、気が付くと視線がついローストビーフの塊の方に向いてしまっているのだった。

彼は、思い切って、そのテーブルの方へ近付いて、何やらさっきから熱心に話し込んでいる男たちのわきへ入ると、その美味の塊を目の前にして、猛烈に食欲を刺激された。

よし。誰も食べたくないのならいい。俺が一人で平らげてやる！

彼はフォークをつかんで、手をのばした。が……その手は途中で止った。

このところ、ろくなものを食べていない。しかし、食べていないのは、妻や子供にしても同じことだ。それなのに俺は一人で、旨いものを食べ、上等なウイスキーに酔っている……。

ふと、これを持って帰れないだろうか、と彼は思った。もちろんそれはあまり感心したことではない。見っともない、と妻に怒られるかもしれない。

しかし……。

彼は、じっとその肉の塊を見つめて立っていた。

そうだ。誰も食べなければ、どうせ捨てられてしまう。それよりは、持って帰った方がいいではないか。どう思われようと構うものか。

だが、問題は二つあった。一つは、この大きな塊を、どうやって持ち帰るか、である。相当にかさばるし、軽くはない。

もう一つの問題は、パーティが終るまでの約一時間の間に、これが食べられてしまうかもしれない、ということである。

どうせ持って帰るなら、完全な形のままで持って帰りたい、と彼は思った。性格的に、完全主義者（?）なのだ。

今までは誰も食べようとしなかったが、まだ一時間ある。一人が手をつければ、たちまちなくなってしまうのは目に見えていた。

それを防ぐ方法はあるだろうか？　まさかこれはまずいですよ、とも言えないし……。

考えあぐねていると、遅れて来たらしい男が一人、少し息を弾ませながら、テーブルの方へやって来た。かなり腹を空《す》かして来たらしく、ジロジロと料理を眺め回している。

まずいな、と彼は思った。

案の定、その男はローストビーフに目を止めた。そしてニヤリと笑うと、皿を取って、フォークをつかんだ。

「これはだめです」

と、彼は言った。

「何だ？」

男がキョトンとして彼を見る。

「だめです、食べては」

と彼はくり返した。

「なぜ？」

「さっき、落としちゃったんですよ。だから……」

「あんたが？」

「違います。あわて者のボーイが、持って来てここへ置こうとしてね」

「何だ、それじゃ仕方ないな」

男は、ふくれっつらになって、他の皿へと移って行った。

彼はホッと息をついた。これからもこの手で行こう。

彼は、すっかり落ち着いていた。

時々、ローストビーフへ目を向けて来る客がいると、

「これは落としたんですよ」

とやって追っ払った。これは効果てきめんだった。

後は、どうやってこれを持って帰るか、だ。ともかく、包むか、袋に入れるかしなくてはならない。

人の目につかないように包むのは容易なことではない。袋の中に落とし込む方が簡単だろう。

彼は、受付の所に、おみやげでもくれるのか、紙の手さげ袋が沢山置いてあったのを思い出した。——あれだ。

トイレに行くふりをして、受付の前を通る。女の子が二人、退屈そうにおしゃべりをしていて、彼の方には、全く注意を払っていない。

素早く手を出して、空の袋を一つ取ると、パーティの会場に戻った。ちょっと冷汗をかいたが、気付かれなかったようだ。

テーブルの上では、ローストビーフが、無事な姿を見せている。後は、いつ、この大きな塊を袋へ入れるか、である。パーティが終った後にするか……。

「どうも本日はお忙しい中をおいでいただきまして——」

パーティがお開きになるらしい。客たちが会場の奥の、ちょっと高くなった壇の方へと向いた。——巧《うま》いぞ！　誰もが声のする方へと気を取られている。

「今回の××君の受賞は、正に遅すぎたほどでありまして——」

彼は、そっと袋をテーブルの陰で広げて、ローストビーフの皿を引き寄せた。

「彼のすばらしい技術には、誰もが賞賛の言葉を送るでしょう」

拍手が起った。——今だ！

彼は、皿を持ち上げ、袋の中へと、ローストビーフを落とした。そして素早く皿を戻す。

やったぞ！

こうなれば、長居は無用だ。袋を手に、彼は、会場を足早に出て行った。袋はずっしりと重い。

「特に――」

話は続いていた。

「あのローストビーフはすばらしいものです」

スピーチは、一段と熱がこもった。

「彼こそは、我々、食品サンプル業界の誇りであります！」

証拠品

検察官はタバコに火を点《つ》けると、ゆっくり青い煙を吐き出した。

検察官の目の前の机には、白い紙が広げられて、タバコの吸殻が一つ、置かれている。フィルターの所まで、ほとんど灰になった吸殻である。

もう一時間以上も、検察官はその吸殻を見つめていた。別に見つめたからといって、それが元の姿に戻るわけでないのはもちろんである。

決断すべきときだった。

起訴するか、不起訴とするか。証拠はただこの吸殻一つしかないのである。今日中にはどっちを選ぶか決定を下さなくてはならない。彼としては、辛《つら》いところであった。

あの男はおそらく――九十九パーセント有罪だ。しかし、一パーセントの疑念がないわけではない。それがベテランの検察官をためらわせているのだ。

鑑識課での分析結果は、あの男と同じ血液型の人間が、あの男がいつも喫っている銘柄のタバコの吸殻を投げ捨てて行ったことを明らかにしている。それを偶然と見るべきかどうか……。

机の電話が鳴った。妻からだった。何やら取り乱している。

「どうしたんだ？」

「綾子がさらわれたのよ」

綾子というのは、検察官の、五歳になる娘である。

「何だと？」

「誘拐されたのよ。今、犯人から電話があって……」

検察官の、受話器を持つ手が震えた。

「それで……要求は何だ？」

「分らないの。今からあなたへ電話するって。お願いあなた。相手の言う通りにして」

「分った。ともかく……落ち着け。また連絡する。いいな？」

電話を切って、検察官は今の電話が夢であってくれたら、と思った。しかし、ほとんど間を置かずに、また電話が鳴った。

「検察官だね。奥さんの電話は聞いたか？」

押し殺したような、太い男の声だ。

「要求は何だ？　金か？」

「違う。あんたが今かかえている通り魔事件のことだ」

検察官は、目の前の吸殻に思わず目をやった。これがその通り魔事件の証拠品なのだ。

「どうしろというんだ？」

「起訴するかどうか決めたかね」

「それを聞いてどうする」

「起訴するんだ」

「何だと？」

「必ず起訴するんだぞ。奴は犯人なんだ。刑務所へ入れておかなきゃ、また事件を起こす」

「お前は誰なんだ？」

「そんなことはどうでもいい。正義を愛している男、とでも言っておくかな」

「子供を誘拐しておいて、何を言うんだ」

「子供には何もしない。あんたが起訴して、奴を有罪にすりゃな。鑑識の結果もクロと出てるんだろう。新聞で読んだぜ」

「それは……確かにそうだ。しかし、同じ銘柄のタバコはざらにある。それに、同じ血液型の人間もいくらでもいる」

「起訴しない気なのか？」

検察官はぐっと詰まった。こんな圧力に屈するべきではない。それは当然である。しかし、結婚生活十年にして、やっと生れた一人娘は、彼にとって、自分の命より大切な宝石だった。そうだ。それに起訴したからといって、有罪になるとは限らない。タバコの吸殻一つしか、証拠はないのだ。

「起訴すればいいんだな」

しばらく間を置いてから、検察官はそう言った。

「そうそう。物分りがいいな。起訴を決めたと分ったら、娘は返す。ごまかすなよ」

電話は切れた。検察官は汗のにじんだ手で受話器を戻した。

それから長いこと、検察官は考え込んでいた。――娘のためだ。起訴しなくてはなるまい。しかし、起訴すれば、あの男は有罪になるかもしれない。もしあの男が犯人でなかったら？　そうだ。今の電話の男が真犯人だったとしたら？

検察官は両手を、震えるほど固く握りしめた。そして、じっと証拠品の吸殻を見つめていたが……。やがて電話へ手をのばした。

「――そうなんだ。何しろ証拠はそれ一つしかない。万全を期したいのでね。もう一度ぜひ検査しておいてくれ。後で持って行くよ」

検察官は、立ち上ると、紙の上の証拠品の吸殻をそっと灰皿へ落とし、灰皿に入っていた自分の吸殻を紙の上に置いた。そして、透明な封筒へ、静かにおさめて封をした。

「いや、全く面目ない」

と鑑識の課長は頭をかいた。「こんなミスは初めてだよ。せめて起訴の前に再検査の結果が出ていれば、君にも恥をかかせずに済んだのにな」

「まあいいさ。気にするな。誰でも間違いはあるよ」

検察官はそう言って、手を振って別れた。起訴したので、綾子は無事に戻った。あの電話の男がもし真犯人なら、この次こそは必ずつかまえてやる、と検察官は決心していた。

「やれやれ……」

鑑識課長はホッとしながら歩いていた。

巧《うま》くいった。あの検察官のことだ、起訴するなと言えば起訴するに決っている。起訴しろと言って、却って疑念を起こさせるようにしたのだ。再検査に別のタバコを持って来たのは傑作だったな。まさか、証拠品の吸殻を、つい灰皿へ放り込んで、どれか分らなくなったので、仕方なく適当に選んで調べたのが最初の鑑識結果ですとは、鑑識課長として言えないじゃないか……。

空席

映画館は思いのほか、混み合っていた。

平日の夜、たまには私と家内、二人で映画でも、と思ったのだが、まさか満員で立見になろうとは……。冷房が入っているから、暑くはないが、やはり足が疲れる。

空席が一つ目についた。まだ画面は予告編だったので、私はその隣の席の男性に、

「そこ、空いてますか?」

と声をかけた。四十ぐらいの、ちょっとインテリ風の男だったが、キッとこっちをにらんで、

「いますよ!　見えないんですか」

ときつい口調で言った。

「いや……どうも」

私はひきさがった。

しかし、妙だった。結局、映画をやっている間中、その席は空いたままだったからだ。

足は疲れたが、映画はなかなか楽しかった。私たちは少しぜいたくをしよう、と、近くのホテルのレストランへ入った。メニューを見ていると、妻が、

「ほら、あの人よ」

と低い声で言っている。見れば、例の空席の隣にいた男である。一人でテーブルについているが、なぜか二人分の食器がセットされている。

私は人の良さそうなウェイターへ、そっとあの男のことを訊《き》いてみた。

「あの方は、いつもおいでになるんです。ああして二人分の料理をお取りになって」

「ちょっと変ってるんですね、きっと」

「さようでございます。何でも奥様が寝たきりのご病気とかで。ああして、奥様がそばにおられるように振る舞うことで、奥様に尽くしておられるのだそうです」

「本当に食べなきゃ仕方あるまい」

「愛情の表現なのよ、きっと」

と、妻は言った。

私は食事をしながら、時々その男の方を盗み見ていた。そしてある場面を——その

男が、素早く周囲を見回すと、手にしていたナイフを、自分の妻がいるはずの席の、胸のあたりへさっと突き出すのを見たのである。

男の目は異様に輝いていて、そこには殺意があるようにすら思えた……。

それから二か月ほどして、私は一人でそのレストランへ入った。ウェイターは私を憶《おぼ》えていたとみえて、

「あの席のご婦人が、例の方の奥様ですよ」

と話してくれた。中年の女性が一人、テーブルについていて、やはり二人分の用意がしてある。

「何でも、奥様は二か月ほど前に、心臓の手術が成功して元気になられたんですが、今度はご主人が寝込まれてしまったそうで……」

ふと見ると、その女性は、夫がいるはずの空席の首のあたりにナプキンで輪をつくり、じわじわと引き絞っていった。その顔には、いかにも楽しげな、無邪気な笑いが浮んでいた。

花束

「さあ、もう帰りましょ」

と、母に言われて、章子《あきこ》は、ふと我に返った。

「ママ、何か言った？」

「帰るわよ、って言ったのよ」

「そう。――じゃ、帰ろうか」

章子は、何となく落ち着かないようすで、周囲を見ている。

目に入るのは、お墓ばかり。――墓地なのだから、当然である。

今日は、母とふたりで、亡くなってもう五年になる、父の墓参りに来たのだった。

いいお天気で、パパのことももちろん考えてはいるが、まだ十六歳の章子としては、何となく、浮き浮きした気分になってしまうのである。

「どうしたの、章子？」

と母が訊いた。

「うん……。何だか、どこかから見られているような気がするの」

「まあ、いやだ」

「はっきりそうと分ってるんじゃないのよ。ただ——何となく視線を感じるって、あるじゃない？」

「そうね。でも——誰もいないじゃないの」

と、母も一緒になって周囲を見回す。

ふたりを囲んでいるのは、ただ静かな墓石の列ばかりである。

「気のせいよ。帰りましょ」

母はスタスタと歩き出す。章子は、何となく釈然としない面持ちで、少し遅れて歩き出した。

墓地は静かだった。


「ママ、このお花、誰から？」

章子は、学校から帰って、自分の部屋へ入って、机の上に、花束が置かれてあるのを見て言った。

「知らないわよ。――今日、ママがお仕事から戻ってみたら、玄関に置いてあったの」

と、母が顔を出して、言った。「お前あてにカードがついてただろ」

「うん。――〈章子さま〉か。でも出した人の名前がないわ。じゃ、きっと、ひそかに私に憧《あこが》れてる男性からなんだわ」

「大石君じゃないの？」

「まさか！　大石君、こんなことするほど気のきく人じゃないわよ」

「いいのかい、そんなこと言って。玄関にみえてるよ」

と母は笑いをかみ殺しながら言った。

「やあだ！　どうして黙ってるのよ！」

章子は部屋を飛び出した。

大石一也《かずや》は、章子の同級生である。章子が小柄なのとは対照的にヒョロリとノッポの、なかなかの優等生だ。

でも、いたって気取らない、気のおけない友だちであった。

「――ふーん。知らない奴から花束か」

と、話を聞いて、首をかしげる。「気をつけたほうがいいぞ。今は変な奴が多いから」

「やいてるな、さては」

と、章子は笑って言った。

「女の子に花束を贈るってのは、子供のやることじゃないよ。花束って、高いしさ」

「そうね。私にも全然心当りないんだ。まあ、せっかくだから、机に飾っとくわ」

章子は、花びんを持って来ると、花を入れて、机に置いた。

「いい匂い」

花に顔を近づけて匂いを吸いこむ。そのとたん、めまいがして、章子はよろけた。

「おい、大丈夫か！」

大石がびっくりして、やって来る。

「ええ……。大丈夫よ。ちょっと、フラッとしただけ」

「勉強のしすぎじゃないか？」

「それ、皮肉？」

と、章子は、大石をにらんだ。

「――章子、どうです？」

と、大石は、章子の母の顔を見て訊《き》いた。

「すっかりやせてしまって……」

玄関へ出て来た母も、娘の看病に疲れているようすだった。

「会えませんか」

「何だか、会いたくないと……。申し訳ないんですけど」

「いいえ、そんなことないです。じゃ、元気出せって言って下さい」

「どうも……」

大石は、表に出た。——何となく立ち去りにくい。

章子が、原因の分らないまま、床についてしまってから、もうひと月たつ。医者がみても、どこも悪くないのである。

「神経性のものでしょう」

と言われたが、一向に心当りはなかった。

ただ、少しずつ、やせ衰えて、生気を失って行った。食欲もなくなり、口をきくのも面倒というようすだった。

大石が一週間前に会ったときは、そんな状態だった。その後は一度も会っていない。章子のほうで会いたがらないのである。

大石は、章子の家の前を行ったり来たりしていた。立ち去ると、その間に章子がどこかへ行ってしまいそうな気がする。

ライトバンが一台、走って来た。大石はわきに寄って、車を通した。

花屋の車だった。章子の家の前で停ると、運転席から降りて来た男が、花束をひとつ、章子の家の玄関に置いて、戻って来る。

あの花束……。

そういえば、毎週、誰からか分らない花束が、玄関に置いてある、と言ってたっけ。してみると、今でも続いているのだ。

「待てよ……」

大石は考えこんだ。章子が具合悪くなったのは、あの花束が来始めてからである。

もちろん偶然かもしれないが、しかし……。

「すみません!」

と、大石は、車へ駆け寄った。

——花屋は、ただ、毎週、花束をここの玄関に置いておくように、依頼されているだけだ、と言った。

「頼んだ人を教えて下さい」

と大石が言うと、花屋は渋い顔をした。

「そいつはちょっとねぇ……」

「お願いします。――章子って子が、病気で死にかけているんですよ。花束を贈ってくれてる人にも、それを知らせてあげたいんです」

「ふーん、そうかい、そういうことなら。――でも店に戻らないと分らねえんだ。じゃ、一緒に乗りな」

「すみません」

大石は助手席に乗りこんだ。

贈り主は、安藤《あんどう》かね子という婦人だった。

依頼の伝票を借りて、大石は住所を見ながら、やっとその家を捜しあてた。

出て来たのは、四十五、六の婦人である。どことなく、寂しそうな感じのする女性だった。

「――ええ、そのお花屋さんに、確かに週一回、花束を届けてもらうように頼みましたよ」

大石の話に、安藤かね子は肯《うなず》いて、「私は働いてるものですからね。自分では毎週持っていけませんもの」

「章子とどういうお知り合いなんですか？」

大石の言葉に、安藤かね子はけげんな顔をした。

「章子ってどなた？」

「――彼女の所へ花束を届けさせてるでしょう」

「違いますよ！　どうして――」

「でも、ここに花屋さんの伝票があります」

と大石が差し出した伝票を、安藤かね子は受け取って、一目見ると、さっと青ざめた。

「これは――息子の字だわ！」

「息子さんですか？　じゃ、送り先を息子さんが変えてしまって――」

「そんなはずはありません！」

「どうしてです？」

「息子は半年前に死んだんですもの」

と、安藤かね子は言った。

「ここだったわ」

と、章子は言った。「パパのお墓がこれで、その人の息子さんのお墓はあの正面……。見られてるような気がしたのは、本当だったのね」

まだ顔は青さめて、頬は落ちていたが、もう章子の足取りはしっかりしていた。

「手遅れにならなくて良かったよ」

と大石が言った。「あの花束が君の命を――」

「もういいわ。済んだことですもの」

と、章子は遮った。「――この息子さん、いくつで亡くなったんですって？」

「十八だってさ」

「気の毒にね。寂しかったのよ、きっと」

「さあ、行こう」

と大石が促す。

「うん。――何だか、甘い物が食べたくなっちゃった！」

「その調子だ。ブクブク太れよ」

「何よ、その言い方は！」

そう言って、章子は笑った。

少し歩いて、章子は、振り返った。誰かが見送っているような気がしたのだ。誰の姿もなかった。

ふたりが行ってしまうと、入れ違いに、花や線香を手にした、十七、八の少女が、やって来た。

そして、立ちどまると、何となくけげんな顔で、あたりを見回した。

復讐専用ダイヤル

午前一時になった。

私は、居間の時計が狂っているのか、と、もう一つのデジタル時計を見た。〈1・00〉という文字が目に入った。

しかし、電話は鳴らない。

「そんなはずはない……」

と私は呟《つぶや》いた。

どうしたというのだろう？　一体何があったのか？

午前一時に、この電話が鳴らないなどということがあるだろうか。——いや、おそらく、何か時間を狂わすことがあったのだ。

それが何なのかは分らないが……。

見ている内に、時計の針は一時一分を指し、デジタルの表示は〈1・01〉となった。

本当に――電話は鳴らなかったのだ！

私は、気が抜けて、ソファに座り込んでしまった……。

出会うのは易しいが、別れることはむずかしい。これは、おそらく、実際に体験した人でなければ理解できまい。

映画などを見ると、恋人たちは、まことに美しく別れて行くものだが、現実の別れは、言い争いと、憎しみとの、苦い後味でしかない。

私と彼女の場合も同じだった。

「――何ですって？」

ホテルのベッドから、裸の上半身を毛布で包みながら、彼女は起き上った。

私は、鏡の前で、ネクタイを締めていた。

「今、何と言ったの？」

彼女がくり返し訊《き》いて来る。

私はわざと間を置いて言った。

「別れよう、って言ったんだ」

「別れる?」

彼女はベッドに座り込んだ。「何よ、突然——」

「こういう話は突然出るもんさ」

私は愁嘆場は嫌いである。極力、軽い口調で言った。

「分らないわ」

と彼女は言った。「どうしてなの?」

「そう訊かれても困るね。もう大分前から、僕らの間は、うまく行ってなかった。それは君も分ってるだろう」

彼女は黙り込んだ。私は、それを、彼女が了解したものと誤解したのだ。少々気が緩んだ。あれこれと、慰める言葉を口にしたあとで、

「実は部長の娘と結婚するんだ」

と言ってしまった。「まあ、君ほどの女じゃないが、将来にはかえられない。君も、僕なんかよりも、ずっといい男を早く見つけて——」

振り向いた私は、口をつぐんだ。彼女の、凄《すさ》まじい憎悪をこめた目が、見えない刃《やいば》で私を切り裂くようだった。

「やっぱりそうなのね」

彼女の声は、冷ややかで、無気味だった。

「そんなことじゃないかと思ってたわ」

「僕を恨んでもむだだよ」

「むだ？　とんでもないわ」

と彼女は首を振った。「あなたは最初から私を弄《もてあそ》んだだけだったのね。必ず仕返ししてあげるから！」

彼女がこれほど激しい気性だったとは、私には意外であった。

しかし、このときには、まだ私はのんびり構えていた。時がたてば、彼女の怒りもやわらぐだろう、と……。

彼女の仕返しは、その夜から始まった。

ちょうど寝入ったころ、電話の音で、私は目を覚ました。

「誰だ一体……」

ブツブツ言いながら、私は起き上って、枕もとの時計を見た。――午前一時である。

何しろ私はまだ独身の六畳一間のアパート住いだったから、電話が鳴れば、起きないわけにはいかない。

「はい、どなた？」

と、私は受話器を取って言った。

声がない。

「もしもし？――どなたですか？」

しばらく待っていたが、向うは何とも言わない。ちょっと気味が悪かった。

「もしもし？――もしもし！」

私は頭に来て受話器を叩《たた》きつけるように置いた。

布団に戻ってから、あれが彼女だったのではないか、と思い当った。――確かに、電話口の向うには人がいた。

その気配があったのだ。

そうだ。きっと、彼女なのだ。

私は肩をすくめて、布団をひっかぶった。

次の日は、残業で遅くなった。

会社を出たのがもう十一時過ぎ。――エリートの道は楽ではないのだ。

そのまま帰るのもつまらないので、同僚と二人、バーに立ち寄った。

会社のグチやら、ゴルフの話、といったお決りのコースを辿《たど》っていると、

「電話よ」

と、顔なじみのママが私を呼んだ。

「僕に？」

「そう」

私はちょっと面食らった。——ここにいることを、一体誰が知っているのだろう？

ともあれ、出ないわけにいかない。

「恋人でも待たせてんじゃないの？」

と冷やかされて受話器を取る。

「もしもし」

——返事がない。「もしもし？——どなた？」

不意に、ゆうべの電話を思い出した。

時計を見た。——午前一時、ぴったりだった。

それから毎晩、彼女は私のもとへ、午前一時に電話して来るようになった。いや、彼女だと言い切ることはできない。私は直接彼女の声を聞かないのだし、取り次いで

くれる者は、ただ「女の声だ」ということしか分らない。

しかし、彼女以外には考えられなかった。

やめさせようと、アパートを訪ねてみたが、いつもどこかへ出かけていて、どうしても会うことができなかった。――私は、仕方なく、一時になると受話器が鳴るのを待って、取り上げ、すぐ切るようにした。

それでもう、その夜は二度とかかって来なかったのだ。

「――どうしたの？」

と、妻が言った。

「いや、時間がね……」

私は時計を見た。

妻――私が言っていた部長の娘である――はいぶかしげに私を見ていた。

ハネムーン先での初夜だ。まさか、こんなところにまで、と思いたかったが、私には分っていた。

彼女は必ず電話して来るだろう。

午前一時だった。――ベッドのわきの電話が鳴った。

私は妻に事情を説明しないわけにはいかなかった。――おそらく、これからも毎晩、この「儀式」は続くだろうから。

「──そんなことがあったの」

妻は怒らなかった。部長の娘という立場にしては心の優しい女である。私がひけ目を感じないように、いつも気をつかってくれていた。

「分ったわ。その女の人にしてみれば、無理もないと思うわ、私。──その内、その人もきっと諦《あきら》めるでしょう。それまでは電話を取ってあげればいいわ」

「すまないね」

私は妻の優しさに打たれながら言った。

「でも──あなたもその人に未練があるんじゃないでしょうね?」

「そんなことがあるもんか!」

私は力一杯妻を抱きしめた……。

そして──今夜、電話は鳴らなかった。

どうしたんだ? 一体何があったんだ?

私は沈黙したままの受話器をじっと見つめていた。──その向うに、一人寂しく死んでいる彼女の姿が映って見える。

まさか！――自殺したなんてことが！

私は、居ても立ってもいられなくなった。首を吊《つ》っているか、手首を切っているか。考えれば考えるほど、それに違いないと思えて来る。

私は立ち上った。

――彼女のアパートへ着いたのは、もう二時を回っていた。

ドアを開けると、彼女がにこやかに微笑みながら待っていた。

「やっぱり来てくれたのね！」

「おい……。何のつもりだ！」

「分ってたのよ」

「何が？」

「もうあなたには帰るところはないわ。私が電話しておいたから」

「何だって？」

「あなたの奥様に。あなたが私のところへ来るところだ、ってね。気の毒に。私にあなたを取られたと思って、声がかすれていたわよ」

私は、愕然《がくぜん》とした。彼女の企《たくら》みにまんまとはまってしまったのだ。――私はカッとなった。

いつしか、私は彼女の首に手をかけていた。このとき、彼女が少しも抵抗しなかったのを、私はおかしいと思うべきだったのだ。

これこそが、彼女の本当の復讐《ふくしゅう》だったのだから……。

茶碗一杯の復讐

その男は、ひっそりと死んでいた。

別に、射殺されたわけでも、毒殺されたわけでもなく、大体、殺されたのではなかった。

もともと弱かった心臓が、ちょっとしたきっかけで、参って、動きを止めてしまった。それだけのことである。

あえて珍しいところを探せば、寒い冬の夜、電車に乗っていて死んでしまったということぐらいだろうか。終点に着いても、一向に席を立とうとしないので、車掌が、肩を揺すると、その男はゆっくりと倒れた。

その状況が珍しかったせいで、翌朝、ラジオのニュースで取り上げられたのだった。もっとも、昼のニュースからは完全に姿を消していたのだが。

「おい、うちの社の奴じゃないか」

トーストを手にしたまま、山下は言った。

「え？」

妻がキョトンとして、

「いや、今のニュースさ。電車に乗っていて、心臓の発作で死んだって……。うちの社の名前だったぞ」

「何の話？」

「知ってる人？」

「宮田といったな。――思い当らないなあ」

山下は首をひねった。思い当らないというのも妙なものだ。山下は今の会社にもう二十年近く勤めている。

社員数が千人近いとはいえ、そんな年齢のいった社員なら、まずたいていは見知っているのだが……。

「宮田、宮田、と――」

「あなた、早く食べないと遅くなるわよ」

と妻がせかした。

「うん。――ああ！　思い出した。あの宮田か！」

「偉い人なの？」

「いや、逆だ。もう停年直前で、仕事もないようなもんだった。ともかく生涯平社員だったんだ」

「そうなの。でも長かったんでしょう？」

「俺よりよほど古いよ」

「それで、係長にもなれなかったの？」

「いつも無視されてたな。大体こう、パッとしない、いるかいないか分らない人だったんだ」

「じゃ、亡くなっても別に影響はないのね」

「もちろんさ」

と、山下は言った。「困るようなことは全くないよ」

もう行かなくては、——山下はあわててトーストを口へ押し込んで立ち上った。

「今朝はお茶が出ないのか？」

山下は、九時半ごろになると、我慢できなくなって、女の子に声をかけた。

「だめなんです」

と、答えが返って来る。

「だめって……お湯が沸かせないのかい？」

「そうじゃなくて、お茶の葉がないんです」

「そんなもの、どこかにあるだろう」

「戸棚に入ってるんですけど——」

「出せばいいじゃないか」

「鍵《かぎ》がかかってて、開かないんです」

「鍵が？」

「ええ。誰も持ってないんです」

山下はいぶかしげに、

「いつもは誰が開けてたんだい？」

と訊《き》いた。

「宮田さんなんです、それが」

なるほど。——山下は肯《うなず》いた。

そうだった。給湯室の備品の管理が宮田の仕事だったな。

「気の毒でしたね、宮田さん」

と、女の子が言った。

気の毒か。――確かにそうだ。

ほとんど、会社設立の頃からいて、ずいぶん働いて来たはずだが、ともかく要領が悪いのと、社長に嫌われていたので、ついに平社員で終った。

嫌われたのは、社長の末娘との縁談を断ったからだった。今の部長の夫人だが、山下が、これなら俺だって断ったかもしれないと思うような、いやな女だ。

ともかく、そこで、宮田は出世の夢を、自ら断ってしまって、以後は、当世風に言えば「窓際族」の年月だった。

考えてみれば、ずいぶんひどい仕打を受けて来たわけである。表面には一切出さなかったが、心の中には、様々な思いが渦巻いていただろう。

――しかし、宮田に同情するのと、お茶を飲みたい気持とは別だ。

「何とか開かないのか」

と、山下は立ち上った。「僕が開けてやろう」

給湯室へ行き、戸棚をこじ開けようとしたが、これが意外に頑丈で、手に負えない。

一時間近く、あれこれやってみて、ついに諦《あきら》めた。

「いつもなら、鍵は引出しに入ってるんですけど」

と、ついて来た女の子が言った。「昨日に限って、うっかりして、持って帰っちゃったらしいんです」

「参ったな、とてもだめだ」

「お湯でいいですか?」

「仕方ないなあ」

と苦笑して、それから、山下は、「そうだ!」

と指を鳴らした。

「何ですか?」

「午後から会議がある。お得意が大勢みえるんだよ。あれはお茶なし、ってわけにいかないぞ」

「どうしましょう?」

「仕方ない。お茶の葉を買って来てくれ。いいね?」

「はい」

とは言ったものの、その女子社員も、昼までは忙しくて席を立てない。

「そうだわ」

新人の子に行かせてやろう。

つい一週間前に入ったばかりの女の子を呼んで、

「悪いけど、お茶の葉、買って来て」

と頼む。

「はい。どこに売ってますか？」

「駅の辺りで捜してよ」

「分りました」

新人の女の子は、早速出かけた。――仕事から離れられればご機嫌なのである。

「どうも、お待たせいたしまして――」

と、社長が、居並ぶ得意先を前にして、深々と頭を下げた。

やれやれ、と山下は思った。こういうときの雑用係は辛《つら》いよ。

「お茶を出してくれ」

と、席へ戻ると、女の子へ言った。

席に座って、ゆっくりとタバコをふかす。――お茶を飲んでいないので、何だか口の中がおかしい。

一つ、コーヒーでも飲んで来るか。

会議が始まってしまえば、もう山下の仕事はないのだ。

山下は、立ち上ると、ウーンと伸びをして、それから、ビルの地下にある喫茶店に足を向けた……。

――三十分ほどして戻って来ると、机の上に、お茶が置いてある。会議室へ出したついでに淹《い》れてくれたらしい。

「ありがたい」

コーヒーもいいが、やはり日本茶が一番さっぱりする。

席に落ち着いて、山下は茶碗《ちゃわん》を取り上げ、一口飲んだ。――山下の顔が歪《ゆが》んだ。

これは何だ！　ひどい味だ。

「このお茶の葉はどこのだ？」

と、山下は女の子に声をかけた。

「さあ。――新しい子に行かせたんです」

「これを出したのか、会議室に」

「ええ。――どうかしました？」

山下はため息をついた。

いくらのお茶ならいいのか、まるで分りもしない新人に行かせたのが間違いだ。一番安い、粉だらけのお茶の葉を買って来たのだろう。

倹約の精神だけを身につけていたらしい……。

しかし、もう山下には、どうしようもなかった。


十日ほどたって、山下は、朝出社してすぐに社長室へ呼ばれた。

「お呼びですか」

「うん……」

社長が急に老け込んで見えて、山下はびっくりした。

「社長、具合でも……」

「いいはずがあるまい」

と、社長は苦々しげに言った。

「何かあったんでしょうか？」

「うちはもうだめだ」

と、社長は言った。「大幅な人員整理が必要だ。君には自主的に辞職してほしい」

山下は、ポカンとしていた。――もうだめだって？　辞職？

「社長、つまり……うちが危いということですか？」

「危い段階はもう通り越した。絶望的だ」

山下は、いつの間にか椅子に腰をおろしていた。

「そんな話は……まるで知りませんでした」

「こっちだってそうだ。——この一週間ほどの間に、うちが危いという噂が業界を駆け巡った。おかげで銀行は取引を停止したいと言って来るし、うちへ納品しているメーカーも支払いを迫って来る。よそへ鞍《くら》がえするメーカーも続々と出て来た。時期も悪かった。どうにもならん」

山下はまだ実感がなかった。

「しかし……なぜそんな噂が？」

「聞きたいか。——お前の責任だぞ」

「私の？」

「お茶の葉さ」

山下は当惑した。

「この前の会議のとき、ひどいお茶を出したろう」

「はあ」

「こんなに出すお茶の質を落としたのは、よほど苦しいんだ、と、後でお得意が話をしていたそうだ。——それを聞いた誰かが誰かにしゃべって——その内、お茶のことは忘れて、ただ、うちが危い、という話になってしまったんだ」

思いもよらない話に、山下はただ呆然《ぼうぜん》としていた。

「あれは——手違いだったんです」

「もうどうでもいい」

社長は素気なく言った。「ともかく、君には辞めてもらいたい。退職金も、全額は無理かもしれんが、出す」

山下は、席に戻って何も知らずに働いている、若い社員たちを眺めた。

たかがお茶の葉のことぐらいで、こんな事態になるとは誰が予想しただろう？

——もしかしたら、と山下はふと思った。あの宮田は、こうなることを知っていたのかもしれない。

いや、こうなるのを願っていたのかも……。

あの戸棚の鍵《かぎ》を、持ち帰って死んだことが、始まりだったのだ。

あれは、宮田の、無視され続けた男の、復讐《ふくしゅう》だったのかもしれない、と山下は考えていた。

「——お茶、淹れました」

と、女の子が、山下の机に湯呑《ゆの》み茶碗を置いた。
山下は、手を出さずに、じっとその茶碗を見つめていた。

ありふれた星

一郎は、ジリジリしながら、待っていた。——何してるんだ、直子の奴！

俺にはもう時間がないっていうのに。そうだとも。俺には、あとほんの何時間かしか、残されていないんだ。

その貴重な時間を、こうして割いてやってるっていうのに、直子の奴……。

一郎は、ジーパンのポケットに両手をギュッと押し込んで、イライラと地面をけっていた。風が冷たい。

ハンバーガーのチェーン店の裏口の所に、一郎は立っていたのだった。大きなポリバケツが、風で引っくり返っている。

「畜生」

と、一郎は呟《つぶや》いた。「十分したら、って言っといたのに」

ドアが開いて、赤と白の派手な制服を身につけた少女が出て来た。

「ごめんなさい」

と、直子は言った。「お店が混んでて」

「うん」

「どうしたの？」

直子は、息をついて、額の汗を拭《ぬぐ》った。

「大事な話があるんだ」

と、一郎は言った。

「何なの？」

「一時間くらい出られるだろ」

直子は、首を振った。

「無理よ！　一番混んでるときに。今だって、トイレに行くような顔して出て来たのよ」

一郎は、表情を固くした。

「僕よりもこんな店の方が大事なのか」

「無茶言わないで。クビになったら、困るじゃないの」

「大事な用なんだって言ってるじゃないか」

「店が終るまで待ってよ。――もう戻らないと」

「そうか。――分ったよ」

一郎は突き放すような言い方をした。「さよなら」

「ねえ、一郎君！」

一郎は歩き出した。直子は追って来るだろうか？　きっと来る。直子なら、きっと……。

しかし、足音は聞こえなかった。一郎が振り向くと、ドアは閉っていて、直子の姿も見えなかった。

一郎は、また歩き出した。自分の苛立《いらだ》ちに追いかけられているかのように、ただ一心に歩いて行った。

あいつ！　後悔すりゃいいんだ。あのとき、ハンバーガーの店なんか放っといて、ついて行けば良かった、と泣けばいい。

俺の死体を見て、自分を責めりゃいいんだ。俺は、ちゃんと機会を与えてやったんだからな！

一郎は、いつの間にか、よく知っている場所に来ていた。――アパートに近い土手の道である。

もう、暗くなりかけて、道に人影はなかった。

一郎は、深い川の流れに向って立った。

なだらかな斜面が川の方へ続いている。一郎は、少し降りて、そこに腰をおろした。

——人間ってのは、やっぱり、よく知っている所にいると、安心できるものなんだな、と思った。疲れた体を委《ゆだ》ねるのは、やはり、よく分った場所の方がいい。

一郎は疲れていた。——身も心も、疲れ切っていた。まだやっと十九だというのに。

世の中には、あまりにつまらない連中が多すぎるんだ、と一郎は思っていた。俗物が……。

そして、そういう連中が、ただ、年齢が上だとか、金を稼ぐのが上手《うま》いというだけで、他人に命令を下している。一郎には、それは我慢できないことだった。

一郎は、空を見上げた。刻一刻と、紫から紺色へと移って行く空に、星が光り始めている。——その無限の距離は、一郎の疲れた心をなごませた。

そうだ。僕のいるべき場所は、あそこなんだ。この地上は、僕のような人間に、住みにくくできている……。

——誰かが、そばに立っていた。

振り向くと、五、六歳の女の子が立って、じっと彼の方を見ていた。どこか寂しそうな目をした子で、いささか古ぼけた人形を抱いている。

「何してるんだい？」

と、一郎が声をかけると、女の子は、隣に並んで座って、言った。

「お兄ちゃんは？」

「僕かい？　星を見てるのさ」

「ふうん」

女の子は、あまり興味もなさそうだった。

「もう暗いのに、うちへ帰らないのかい？」

「おうち、嫌いだ」

「どうして？」

「ママが怒るの。いつも怒ってる」

「――そうか」

この子も、孤独なんだ、と一郎は思った。

「お兄ちゃんは帰らなくていいの？」

「ああ、お兄ちゃんはこれから星になるんだ」

「星に？」

女の子はキョトンとした顔で言った。

「そうだよ」

一郎は肯《うなず》いた。

そうだ。今は誰も分っていないが、やがて、僕が遺《のこ》した詩は、驚きをもって、迎えられるだろう。そして文学史には、〈現代詩に、一条の光芒《こうぼう》を残して消えた彗星《すいせい》ともいうべき天才〉と記される。〈あまりに繊細な故に、当時の世には容《い》れられず、自ら命を絶った〉とも……。

今は、誰一人理解してくれないが、いつか——。

「どうやって星になるの？」

と、女の子が訊《き》いた。

「あの川の中へ入って行くのさ」

と、一郎は、暗い流れの方を指さした。

「それで星になれるの？」

「そうだよ」

女の子は、ポカンとしていた。——遠くから、誰かの呼ぶ声が近づいて来た。

「ミキちゃん！――ミキちゃん！」

「ママだ」

女の子は立ち上ると、駆け出して行ってしまった。――一郎は、ふっと微笑んだ。

あの子には帰るうちがある。僕には、それすらないのだ。直子との暮しも、もう息が詰まるだけだった。

「さあ、けりをつけちまおう」

と、一郎は立ち上って、呟《つぶや》くと、土手を、降りて行った。ほんの一メートルほどの足下に、流れが囁《ささや》くような音をたてている。――簡単なことだ。苦しいのは、ほんの一瞬だろう。

そのとき――ピアノの音が、ふと耳を捉《とら》えた。おそらく、土手の向うの家が、窓を開けて、レコードでもかけているのか、それとも、誰かが弾いているのか……。

単純な調べだった。それ以上は簡単にできないくらいの。――しかし、その音楽は、一郎の体を、見えない力で縛りつけていた。

やがて、一郎の胸に熱いものが満ちて来た。それが、涙となって、瞼《まぶた》に浮ぶ。

こんなことは初めてだった。こんな気持になったのは……。

何だか、総《すべ》てを許せるような、そんな気がした。自分をここまで追い込んだ世の中、総てを。

そのとき、叫び声が一郎の耳を打った。

「ミキちゃん！　ミキ！」

一郎の目に、川面を流れる人形が映った。小さな手が、それをつかんでいる。そして水面から消えた。同時に一郎は川へと身を躍らせていた。

直子は、アパートへの道を急いでいた。土手の近くを通って、あと少しというところだ。

一郎に、あんなことを言ってしまったのを、ずっと悔んでいた。彼がいなかったら、いくら働いて、お給料をもらって来ても何の意味もない。それは分っていたのだが、つい忙しくて、直子も疲れていたのだ。

「――あら」

と、直子は、ふと足取りを緩めた。

通りかかった家の窓から、ピアノの調べが流れ出していた。

「モーツァルトだわ」

直子は、呟くと、それに耳を傾けつつ、目を夜空に向けた。――数々の名曲を残して、三十六歳にもならない若さで死んだ天才。

そう。一郎君だって、きっといつか認められる。

でも、正直なところ、直子は一郎に、天才でなくてもいいから、元気でいてほしかった。元気で長生きをして……。

地球に近づき、また去って行く彗星でなくても、光り輝かない、当り前の星でもいいのだ。ただ、直子は一日でも一時間でも長く、一郎と一緒にいたかった。

また歩き出した直子は、駆けて来る足音に振り返った。

「一郎君！」

「やあ、今日は悪かったな」

一郎が照れたような笑顔で言った。

「そんなこといいけど——どうしたの？　びしょ濡《ぬ》れよ」

「うん」

一郎は、自分の格好を見下ろして、「ちょっと、川に飛び込んだんだ」

「川に？　どうして？」

「——星が一つ落っこちてね。それを拾いに行ったのさ」

キョトンとしていた直子は、やがて吹き出してしまった。

「変な人！」

「全くだ。変な人だな俺って」

一郎も一緒に笑った。

「早く帰って着替えなきゃ、風邪引くわ。──冷たいじゃないの！」

一郎が直子の肩を抱いたので、直子は声を上げた。でも、振り放そうとはしなかった。二人の楽しげな笑い声が、モーツァルトの音楽と、いやにピッタリ似合って聞こえていた……。

疑　惑

「もうだめだわ、私たち！」

尚子は、私の部屋へ入って来るなり、そう言って泣き出してしまった。

女学校時代からよく泣く子ではあったけど、その慰め役が私、というところまで、もう二十五にもなって、一向に変らないとなると、正直なところ少々うんざりだった。

しかし、そう冷たくするわけにもいかないので、

「どうしたって言うの？　まあ座って。――そう泣いてばかりいちゃ、仕方ないじゃないのよ。話してごらんなさいよ」

と、元気付けてやる。

しばらくして、やっと泣きやむと、尚子はハンカチをくしゃくしゃにして、

「ごめんね、智子《ともこ》。いつも、困るとあなたの所へ押しかけて……」

「慣れてるわ、昔から」

と、私は笑った。「どうしたっていうの？　広川さんが何か——」

「あの人、浮気してるの」

と尚子が言ったので、私も本当にびっくりした。

「まさか！　思い違いじゃないの？」

尚子は二年前、広川という男性と結婚していて、しごく幸せそうであった。私の方はＯＬの独り暮しである。

もちろん、世の中に浮気する夫も妻も少なからずいることは、私とて知っている。しかし、広川という男、何度か会った限りではいかにも真面目そのもので、好感のもてるタイプだった。子供こそいないが、尚子と二人、はた目にはいともむつまじく暮しているように思えたのだが。

「間違いないのよ」

と、尚子は、しょんぼりしきっている。

「何か心当りでも？」

「一か月くらい前から、どうも様子がおかしいの。急に遅く帰る日が続いて。しかもね、月給をもらってきても、残業がほとんどゼロなの。おかしいでしょう？」

「そうねえ……。それだけ？」

「時々、ワイシャツに口紅とか、白粉《おしろい》らしいのをくっつけてることもあるわ。香水の匂いをさせながら帰って来たことも……。そりゃ、お付合で飲んで帰ることもあるでしょうけど、大して酔ってないのよ。それに、急に無口になって」

「前はよくしゃべったじゃないの」

「そうなのよ。それなのに……。このところ、話しかけても、ろくに返事もしてくれないわ」

「それは確かに変ね」

と、私は肯《うなず》いた。「直接訊《き》いてみた?」

「いいえ。怖いの。アッサリ、別れようなんて言われたら、と思うと」

尚子の気持もよく分った。お嬢さん育ちで、世間知らずのところがあるのだ。

「ねえ智子、どうしたらいいと思う?」

哀願するような尚子の目にじっと見つめられて、私はため息をついた。

「いいわ。——私、調べてあげる」

「ありがとう！　恩に着るわ」

「だけど、あなたも自分の目で確かめなきゃだめよ。私が何かつかんだら、連絡するから。いいわね?」

尚子は、黙ったまま、コックリと肯いた。

「ここよ、尚子！」

と、私は手を振った。

タクシーを降りてキョロキョロしていた尚子は、やっと私に気付いて、小走りにやって来た。

「――ここがそうなの？」

と、尚子は、顔をこわばらせながら、ホテルを見上げる。

ホテルといっても、ごみごみした裏通りに面したラブホテルだ。尚子は、およそこんな所に縁があるまい。

「まだ、あの人、中にいるの？」

と、尚子が訊く。

「一時間前に入って行ったきりね」

私は肯いて、「尚子の勘が当ったわね」

「どんな――女だった？」

尚子が青ざめた顔で訊く。

「たぶん、会社の若い女の子か何かじゃないの？　そんな感じだったわ」

「あの恥知らず！」

「こんな所で怒ってたってだめよ」

「どうしたらいい？　ここで出て来るのを待って——」

「それじゃ手ぬるいわ。乗り込んで行くのよ。二人がベッドにいるところへね」

「そんな！」

と、尚子が目を丸くする。

「あなた悔しくないの？」

「悔しいわ、もちろん」

「じゃ、それぐらいやってのけなきゃ！　あなたは妻なのよ。しっかりしなさい！」

「分ったわ！」

尚子は、決然としてホテルへ入って行ったが……ものの三十秒とたたない内に出て来た。

「どうしたの？」

「受付で訊いたら、広川って人は泊ってません、って……」

本名で泊る馬鹿がいるもんか。私はため息をついた。

「どうしたらいいか分らなくてね」

と、広川は、困惑し切った顔で首を振った。

「どうなさったんですか？」

と、私は訊いた。

広川の勤め先に近い喫茶店だ。私の会社へ広川から電話があって、ぜひ相談したいと呼び出されたのである。

「実はね」

広川は、少しためらってから言った。「尚子が浮気してるらしいんです」

「まさか！」

私は、ちょっと笑って、「そんなこと、考えられませんわ」

「これを見て下さい」

広川はポケットから、一枚の写真を出して、テーブルに置いた。「これが会社に匿名で送られて来たんです」

ホテルから出て来る尚子だ。——もちろん、私にはその写真のことも分っていた。だって、私自身が、小型カメラでこっそり撮って広川に送ったんだもの。

「確かに尚子ですね」

と、私は肯いた。

「間違いありません」

広川は苦々しげに言った。「誰か知らないが、お節介な奴がいるもんです」

「でも——どうしてこんなことに？」

「僕の方にも責任はあります」

と、広川は疲れた様子で言った。「このところ会社が不景気でしてね。仕事は夜中までかかって、しかも残業手当は出ないという有様なんです。——帰りに一杯やるのも、ぐっと減りましてね。そろそろ万一のことを考えて、就職先も捜しておかなきゃとか、あれこれ悩みごとが多くて、つい尚子にも構ってやれなかったんです」

「それで尚子、浮気を……」

「しかし、知らなきゃともかく、なまじこうして分ってしまうと、家へ帰るのも辛《つら》くてね。どうしたらいいか、あなたのご意見をうかがいたくて」

「私、独身ですもの。意見なんて……」

と、私はためらって見せて、「少し、お互いに冷却期間を置くのもいいかもしれませんね。しばらく別居してみるとか」

「別居……。そうですね。しめっぽい喧嘩《けんか》もいやだし、その方がいいかもしれない」

と、広川は呟《つぶや》いた。

アパートへ戻ると、つい口笛が出た。

尚子の疑惑なんて、ろくに根拠のないことが分っていた。口紅やお白粉なんて、満員電車に乗ってりゃ年中くっつくものだ。勤めたことのない尚子にはその辺のことが分らないのだろう。

実のところ、私も広川を憎からず思っていた。といって、まさか親友から奪うわけにもいかないし……。

しかし、尚子の方が、見当外れの疑惑をかかえてやって来たのだ。これで、もし広川の方にも妻への疑惑を植えつけることができたら、二人の間の溝は決定的なものになるだろう。

そこで——もちろん広川など入っていない——ホテルまで、尚子を呼び出して写真を撮ったのである。

これで二人が別居。広川が寂しくなりかけたころを見はからって私が訪れる。——広川の心をひきつける自信はあった。

私もそろそろ結婚してもいい時期だと思っていたのだ。

そんなことを考えていると、電話が鳴った。

「もしもし、私よ」

尚子だ。いやに声が弾んでいる。

「どうしたの？」

「彼がね、帰って来るなり、私のこと抱きしめて——。私、絶対に彼とは別れないわ！　彼も私を放さないって言ってくれたの。彼の浮気のことは、もう忘れることにしたわ。色々と心配かけてごめんね」

何てこと！　広川の心に植えつけた疑惑が却って彼を刺激したのだ。まるで逆効果だったとは……。

でも——まあいいか。一人の夫を手に入れそこなった代りに、二人の友人を失わずに済んだと思えば。

「どういたしまして」

と、私は言った。「また何かあったら、ぜひ知らせてちょうだい」

解説

吉田《よしだ》大助《だいすけ》

オリジナル著書数が間もなく六〇〇冊に達し、刊行総部数は三億部を超える、誰もが知る巨匠・赤川次郎《あかがわじろう》が、二〇一六年に作家生活四〇周年を迎えた。本人にとっても読者にとっても忘れがたい、ビッグ・イヤーとなった。

まずは新年早々、一九七六年にオール讀物《よみもの》推理小説新人賞を受賞した、二八歳のデビュー作「幽霊列車」を含む短編集が新装版で刊行（文春文庫）。選考委員の笹沢左保《ささざわさほ》に「個性的なユーモア推理小説の旗手が誕生するかもしれない」と絶賛された一作は、今読んでも新しく、面白い。他にも、劇団四季のミュージカルの定番ラインナップになりつつある『夢から醒《さ》めた夢』の原作（角川つばさ文庫）など、名作の復刊が相次いだ。実質的な長編第一作『マリオネットの罠《わな》』（文春文庫）が、全国書店の勝手連により「サイコミステリーの傑作！」としてプッシュされるなど、祝福の声は版元外からも数多く挙がった。

赤川次郎と言えば、メディアミックスの元祖だ。三月には、初期代表作『セーラー服と機関銃』の続編に当たる小説が、橋本環奈《はしもとかんな》主演で映画化された（『セーラー服と機関銃―卒業―』）。映画公開に合わせてシリーズ最新刊『セーラー服と機関銃3 疾走』（角川文庫）も約三〇年ぶり（！）に書き下ろされたのだが、ヒロインはなんと星泉の一人娘だった。読者を驚かせることで楽しませる、作家のエンターティンメント精神は第一弾の頃から変わっていない。いわずと知れた「三毛猫ホームズ」シリーズは最新五〇弾、幽霊と話せるバスガイドをヒロインに据えた「怪異名所巡り」シリーズは第八弾、鼠小僧次郎吉が活躍する時代小説「鼠」シリーズは第九弾、少女小説レーベルで書き継がれているロマンティック・ミステリー「吸血鬼」シリーズは第三四弾……。二〇一六年も新作の刊行ペースは健在、まさに「月刊赤川次郎」状態だった。

作家本人にとって何より大きかった出来事は、三月に『東京零年』（集英社）で第五〇回吉川英治《よしかわえいじ》文学賞を受賞したことだろう。純文学系文芸誌「すばる」で連載された本作は、監視社会化やマスメディアの疲弊、ヘイト感情の蔓延《まんえん》といった現代日本社会を題材に、想像力を近未来へと羽ばたかせた巨大なディストピア・ストーリーだ。小説の中から、政治が排除されるようになって久しい。そんななか、小説界のトップランナーである赤川次郎が、現状に「否」を唱え読者の価値観を揺さぶるトライを重ねている事実。「われらが時代の旗手」（浅田次郎《あさだじろう》）「古い時代の書き手のひとりとして震撼《しんかん》させられずにはいられない」（五木寛之《いつきひろゆき》）など、選考委員各氏から絶賛と畏敬《いけい》の声が集まった。

つまり赤川次郎は、四〇年間トップランナーであり続けながら、今なおチャレンジャーでもある。そんな国民作家のアニバーサリー・イヤーの末尾を飾るのが（他にもまだ出るかもしれません！）、本書『踊る男』だ。一九八六年に新潮社より単行本刊行、一九八九年に同社から文庫刊行された作品の、再文庫化作品に当たる。なお、掲載作品や掲載順に変更はない。

全三四本収録のショートショート集だ。もともとこのジャンルは海外発信で、直訳すれば「短い短編小説」。二一世紀ショートショート界の旗手・田丸雅智《たまるまさとも》は、日本で独自の発展を遂げたこのジャンルの履歴を辿《たど》りつつ、「ショートショートとは、短くて不思議な物語のこと」と定義している（『たった40分で誰でも必ず小説が書ける超ショートショート講座』より）。

このジャンルでもっとも著名な人物は、生涯で一〇〇一篇（＋α）ものショートショートを手掛けた星新一《ほししんいち》だ。星作品の人気沸騰を背景に、一九七〇年代から八〇年代にかけてショートショートのブームが巻き起こった。本書は、その時期（一九七九年～一九八五年）に執筆された作品で編まれている。星作品はSF色が強いが、赤川が手掛けるショートショートはミステリー色が前面に押し出されている。

語り口の違いによって、〈I〉と〈II〉の二部構成が採用されている。〈I〉では、馴染《なじ》みのバーで酒を飲む「僕」と「彼」という関係性が固定化され、二人の会話形式でストーリーが展開する。サラリーマンの「僕」は赤川次郎作品ではおなじみのだらしな系で、事件や事故に巻き込まれ型タイプ。ごきげんでツイてる時はダンスのステップを踏むが、落ち込んでいる時は全身からとびきり陰気なムードを発散する、気分屋さんだ。それに対して「彼」は、実にクール。「僕」がバーテンにやけ酒を頼むと、そっと「水割りにしてやってくれ」と言い添える。

友の鑑《かがみ》である「彼」が「僕」にしてあげるのは、アルコール度数を薄めることだけじゃない。その日の「僕」の気分や状況に合わせて、ちょっとした小咄《こばなし》を披露するのだ。お決まりの台詞《せりふ》は、「僕の友人に変った奴がいてね」。本人の実体験として語られるよりも、どこかの誰かが体験した噂話として語られるほうが、リアルに耳に届く──心理学でいうウィンザー効果がほどよく効いて、「彼」の語る不思議で不気味でミステリアスな人生が、「僕」の脳裏につるっと入り込む。その結果、各話の最後に何が起こるか。「僕」の心理状態が、話を聞く前はネガティブだったならポジティブに、底抜けにポジティブだったならほどよく抑制の利いた状態に、変化している。「彼」が「僕」にしてあげているのは、物語による心のチューニングだ。

そのチューニングは、「僕」を突き抜け、読者の心にも届く。赤川作品の大きな魅力はキャラクターだが、ショートショートではその要素を極力抑え（なにせ登場人物は「僕」と「彼」という匿名の存在なのだ）、短い文字数の中で読み応《ごた》えのあるストーリーを展開することにより、最初（フリ）と最後（オチ）の反転の感触がよりダイレクトに伝わるようになっている。〈II〉に収められたショートショート群も含め全三四編＝全三四回も起こる反転は、それを体験する読者に、ビターとハピネスが一瞬で反転する現実世界の真理を、エクササイズさせてくれるのではないだろうか。現実世界で、降りないように。めげないように。絶望からの反転が起こる瞬間を、待ち望めるように。

作家になるまでの道のりや小説作法を語ったエッセイ集『イマジネーション　今、もっとも必要なもの』（光文社文庫）で、赤川は若い世代に向けて、読書の醍醐味《だいごみ》をこう表現している。「人生の予防接種」と。

〈本を読まなくなってしまうと、一種の免疫ができない。予防注射を打たないで、いきなり伝染病のはやってるところへ飛び出していくようなものですね。これは、とても危険なことなのです。例えばよくありますけど、エリートコースでずっと来た人が社会へ出て、いきなり会社の上司に怒鳴られたりすると、途端に会社へ行けなくなってしまう。これは、それまでに自分がしくじったとか、失敗したりといった挫折《ざせつ》の経験を持ったことがないからで、一度そういうものに出会ってしまうと、立ち上がれなくなってしまう。／こういうことは、あらかじめ小説や優れた映画やドラマの中で経験しておくことによって、それに対する免疫ができてくるんです。／それが、本を読むということの、とても大きな意味であるわけです。〉

全編を通してブラック・ユーモアの色彩が濃く、絶望や挫折、残酷がどしどし積み重なっていく本書は、もしかしたら赤川次郎が小説に込めようとしているもの、読者に手渡そうとしているものを高密度で圧縮し提示することに成功した、赤川文学の真髄と呼べるものなのかもしれない。

ところで。

本書には、三ヶ月遅れで刊行された姉妹編が存在する。全二六編収録のショートショート集『勝手にしゃべる女』（新潮文庫）だ。文庫版の解説は、星新一が寄稿している。実質的には、ほぼ同時刊行された二冊についての解説だ。とある雑誌で、同じ題名でショートショートを書くという競作連載をした際、赤川の手腕に驚かされたと記した後で――。

〈(赤川次郎のショートショート集は)どこから読んでもいいし、どこでやめてもいい。すらすら読めてしまうのである。ラストの意外性にあっと言わされながら、つい次のを読み、気がついたら一冊を読んでいたとなる。これぞエンターテインメント。〉

続く一文が、極めて示唆に富んでいる。ショートショート作品に限らず、赤川作品はなぜ、こんなにも「売れる」のか。それは――。

〈「さて、自分に書けるだろうか」／となって、考え込んでしまうのだ。そこなんだな。彼以外、だれにも書けない。いかにも亜流が出そうで、決して出ない。太宰治《だざいおさむ》と、その点が同じなのだ。〉

圧倒的な読みやすさに加え、自分も小説を「書ける」「書きたい」と思わせる強烈な誘発力がある。そこにこそ、赤川次郎≒太宰治の真髄がある。彼らの作品に一度でも触れたことのある人ならば、誰もがうなずく指摘ではないだろうか。そしてこの指摘は、星新一自身にも適用されるものではないか、と。

ここでもう一編、意外な人物が書いた赤川次郎に関する小論を紹介したい。「花嫁」シリーズ第一二弾『〈縁切り荘〉の花嫁』(角川文庫)の巻末に収録されている、吉田《よしだ》修一《しゅういち》の解説だ。書評や解説を滅多なことでは引き受けない彼が、それでも筆を執った理由。それは、赤川次郎が読書の楽しみを若い頃味わわせてくれた存在であり、今なお刺激を与えられ続ける対象だったからだ。

〈赤川次郎氏の作品を、というか、赤川氏本人を、以前から深く敬愛している。／私が知る限りにおいて、赤川氏は一貫してスラスラと読める作品を書いてこられた。それも、スラスラと読める人間の「絶望や嫉妬《しっと》」の風景を、である。――忘れてもらっては困るのだが、殺人現場というのは、ほとんどの場合、それらの感情で成り立っている。しかし、赤川氏の作品では、それをスラスラと読まされるので、ついそのことを忘れてしまい、そして読み終わったあとに、じわっと思い出してしまうのだ。〉

のめり込んですらすら読める、時間を忘れて楽しめる。しかしその経験と同時に、人間存在の残酷な本質が、心の裏側にべったりと張り付いていく。読み終えた後で、自分が楽しみながら読んでいたものの大きさ、恐ろしさを知る……吉田修一作品の読書体験そのものではないか！　二一世紀の新たな国民作家である吉田修一を、赤川次郎とニアリーイコール（≒）で繋《つな》いでみた時、新しい文学の地図が現れてくるだろう。

誰もが知る赤川次郎の作品世界に「再入門」するうえで、本書はうってつけだ。常に「再発見」され続ける国民作家が披露した、全三四編の極上サプライズ。心ゆくまで楽しんでほしい。

初出一覧

左右対称……1979年4月22日 朝日新聞
踊る男……5月20日 朝日新聞
遺産……6月17日 朝日新聞
ウサギとカメ……7月15日 朝日新聞
代筆……8月12日 朝日新聞
エレベーター健康法……9月9日 朝日新聞
命取りの健康……10月7日 朝日新聞
海外旅行……11月4日 朝日新聞
不眠症……12月2日 朝日新聞
お年玉……1980年1月13日 朝日新聞
落ちた偶像……2月10日 朝日新聞
沈黙の対話……3月9日 朝日新聞
命拾いの電話……1979年7月号 はつらつ
早朝マラソン……11月号 はつらつ
レッツ・ショッキング……1980年2月号 はつらつ
緑の窓……spring CORDIER
待つ身は辛し……5月号 家の光
馬鹿げた生き方……1980年6月号 はつらつ
潜水教室……10月号 はつらつ
モーニング・コール……冬号 ゆふ
むだ遣いの報酬……1981年4月11日 信濃毎日他
兎のおしっこ……9月号 TODAY
閑中閑あり……9月号 出会い
心中……11月号 The DAY
犬の落としたお年玉……1982年1月1日 読売新聞
意志の強い男……5月号 The DAY
パーティ……7月号 Card Age
証拠品……7・8月号 Beruf
空席……8月5日号 non・no
花束……1983年5月号 COBALT
復讐専用ダイヤル……8月号 小説推理
茶碗一杯の復讐……2月号 問題小説
ありふれた星……1985年5・6月号 ショートショートランド
疑惑……8月号 小説推理

本書は一九八九年二月に新潮文庫から刊行されました。

踊《おど》る男《おとこ》

赤川次郎《あかがわじろう》

平成28年 11月25日　初版発行

発行者●郡司 聡

発行●株式会社KADOKAWA
〒102-8177　東京都千代田区富士見2-13-3
電話 0570-002-301（カスタマーサポート・ナビダイヤル）
受付時間 9:00〜17:00（土日 祝日 年末年始を除く）
http://www.kadokawa.co.jp/

角川文庫 20048

印刷所●旭印刷株式会社　製本所●株式会社ビルディング・ブックセンター

表紙画●和田三造

ISBN978-4-04-104460-5　C0193

角川文庫発刊に際して

角川源義

第二次世界大戦の敗北は、軍事力の敗北であった以上に、私たちの若い文化力の敗退であった。私たちの文化が戦争に対して如何に無力であり、単なるあだ花に過ぎなかったかを、私たちは身を以て体験し痛感した。西洋近代文化の摂取にとって、明治以後八十年の歳月は決して短かすぎたとは言えない。にもかかわらず、近代文化の伝統を確立し、自由な批判と柔軟な良識に富む文化層として自らを形成することに私たちは失敗して来た。そしてこれは、各層への文化の普及滲透を任務とする出版人の責任でもあった。

一九四五年以来、私たちは再び振出しに戻り、第一歩から踏み出すことを余儀なくされた。これは大きな不幸ではあるが、反面、これまでの混沌・未熟・歪曲の中にあった我が国の文化に秩序と確たる基礎を齎らすためには絶好の機会でもある。角川書店は、このような祖国の文化的危機にあたり、微力をも顧みず再建の礎石たるべき抱負と決意とをもって出発したが、ここに創立以来の念願を果すべく角川文庫を発刊する。これまで刊行されたあらゆる全集叢書文庫類の長所と短所とを検討し、古今東西の不朽の典籍を、良心的編集のもとに、廉価に、そして書架にふさわしい美本として、多くのひとびとに提供しようとする。しかし私たちは徒らに百科全書的な知識のジレッタントを作ることを目的とせず、あくまで祖国の文化に秩序と再建への道を示し、この文庫を角川書店の栄ある事業として、今後永久に継続発展せしめ、学芸と教養との殿堂として大成せんことを期したい。多くの読書子の愛情ある忠言と支持とによって、この希望と抱負とを完遂せしめられんことを願う。

一九四九年五月三日